LE ROMAN
DU MASQUE DE FER

D'APRÈS
ALEXANDRE DUMAS

LE ROMAN DU MASQUE DE FER

Un dossier de
Constance Joly et Erez Lévy

L'intrigue du Masque de fer dans
Le Vicomte de Bragelonne
d'Alexandre Dumas

Il n'y a jamais eu de vérité sur le Masque de fer. Au moment où Dumas rédige *Le Vicomte de Bragelonne,* le dernier tome de la trilogie des *Trois Mousquetaires*, quelque quatorze versions existent déjà sur l'identité du mystérieux prisonnier. Dumas en retiendra neuf, qu'il nomme « les systèmes » et qu'il développera dès 1840 dans ses *Impressions de voyage.*

Dans *Le Vicomte de Bragelonne*, le romancier retient l'une d'entre elles en affirmant qu'il ne l'a pas choisie parce qu'elle est la plus

convaincante, mais parce qu'elle est la plus romanesque.

C'est cette intrigue que nous avons ici extraite de
l'œuvre, pour la donner à lire comme un petit
roman autonome. L'hypothèse des jumeaux offre
avant toute chose à Dumas « une trame splendide
sur laquelle il pourra, largement et généreusement,
peindre son tableau[1] »...

---

1. Cité par Claude Schopp.

Quelques mots d'Histoire

Au début de l'intrigue, nous sommes en 1660 : Louis XIV a vingt-trois ans, et ne tient pas encore les rênes du pouvoir : Mazarin gouvernera jusqu'en 1661, date de sa mort. Le 10 mars 1661, Louis XIV roi depuis l'âge de 4 ans, monte enfin sur le trône. Fouquet, surintendant des Finances depuis 1653, est un brillant politique. Cet homme, qui a toujours été fidèle au roi, responsable politique doué et complet prétend légitimement à la succession du cardinal Mazarin. Or Louis XIV redoute un ministre d'une telle envergure, dont l'intelligence et la connaissance des dossiers surpassent de loin les siennes. De plus, Fouquet n'est pas un homme modeste et son ambition est grande. L'ancien homme à tout faire du cardinal, Colbert, suggère au roi de faire arrêter Fouquet. Ce dernier est accusé d'avoir mal géré les finances, d'avoir ruiné l'État. Le luxe insolent qu'il déploie dans son château de Vaux n'est-il pas une preuve de « sa tendance aux débordements[1] » ? L'arrestation de Fouquet est, pour le roi, le moyen d'entrer dans le règne de façon éclatante, d'affirmer son autorité, et d'effacer définitivement l'ombre qu'on lui a toujours portée. C'est le début de l'ère du Roi-Soleil....

---

1. Cité par Daniel Dessert.

L'homme au Masque de fer,
ou Aramis contre d'Artagnan

Nous sommes en 1660. Monseigneur d'Herblay, alias Aramis, le vaillant mousquetaire de la bande des quatre, est aujourd'hui évêque de Vannes. Il a été mis au courant voici quinze ans, par Mme de Chevreuse, son ancienne amante et la meilleure amie d'Anne d'Autriche, du secret de la naissance de Louis XIV, le 5 septembre 1638. Celle-ci lui a en effet révélé que ce jour-là, la reine a accouché, non pas d'un mais de deux dauphins, Louis XIV est né à midi, et le second, Philippe, quelques heures plus tard. L'enfant étant déjà présenté comme le prince héritier de la couronne, Louis XIII et Anne d'Autriche écartèrent le second, de peur que celui-ci ne la dispute à son frère. On supposait, à l'époque, que le dernier-né était en réalité le premier conçu, mais sans pouvoir l'affirmer avec certitude (c'en est une aujourd'hui). Philippe était donc l'aîné supposé et pouvait légitimement prétendre au trône. Quelques personnes seulement sont mises dans le secret : la sage-femme à laquelle on confia Philippe pour qu'elle l'élève à la campagne comme son fils, le chancelier, le médecin et cette amie de la reine.

Louis XIII haïssait la duchesse de Chevreuse et Louis XIV héritera de cette haine. On interdit la cour à la duchesse et on fait circuler le bruit de sa mort. Anne d'Autriche elle-même crut à son décès.

Aramis est arrivé au chevet du gouverneur général des jésuites, qui se meurt. L'Ordre a besoin de posséder un grand secret d'État pour faire pression sur la reine, et léguera les fonctions de gouverneur général des jésuites à celui qui lui apportera ce secret. Aramis a donc remis une lettre expliquant le secret du jumeau de Louis XIV au mourant, qui l'emporte dans la tombe en nommant Aramis nouveau gouverneur général.

Aramis, à présent riche, va voir Fouquet. Il le connaît pour avoir fait fortifier, en grand secret, la forteresse de Belle-Isle qui appartient au surintendant des Finances. Fouquet bénéficie ainsi d'une

*place forte, et de garnisons, qui lui assurent à terme
la possibilité de faire la guerre au roi avec son armée.
Au moment de la visite d'Aramis, Fouquet est dans
une situation très délicate. Colbert, qui veut sa place,
trame sa disgrâce. Fouquet n'a presque plus d'argent,
et Colbert s'évertue à le ruiner en lui faisant sortir,
pour le roi, des sommes colossales des caisses de
l'État. Il a le projet d'une fête donnée en l'honneur
du roi à Vaux – château de Fouquet – qui devrait ruiner définitivement ce dernier. Aramis propose dix
millions à Fouquet pour donner cette fête. Fouquet
le remercie chaudement mais s'étonne : que veut-il
en échange ?*

— Je veux sur le trône de France un roi qui soit
dévoué à M. Fouquet, et je veux que M. Fouquet
me soit dévoué.

— Oh ! s'écria Fouquet en lui serrant la main,
quant à vous appartenir, je vous appartiens bien ;
mais, croyez-le bien, mon cher d'Herblay, vous
vous faites illusion.

— En quoi ?

— Jamais le roi ne me sera dévoué.

— Je ne vous ai pas dit que le roi vous serait
dévoué, ce me semble.

— Mais si, au contraire, vous venez de le dire.

— Je n'ai pas dit le roi. J'ai dit un roi.

13

— N'est-ce pas tout un ?

— Au contraire, c'est fort différent.

— Je ne comprends pas.

— Vous allez comprendre. Supposez que ce roi soit un autre homme que Louis XIV.

— Un autre homme ?

— Oui, qui tienne tout de vous.

— Impossible !

— Même son trône.

— Oh ! vous êtes fou ! Il n'y a pas d'autre homme que le roi Louis XIV qui puisse s'asseoir sur le trône de France, je n'en vois pas, pas un seul.

— J'en vois un, moi.

— À moins que ce ne soit Monsieur[1], dit Fouquet en regardant Aramis avec inquiétude... Mais Monsieur...

— Ce n'est pas Monsieur.

— Mais comment voulez-vous qu'un prince qui ne soit pas de la race, comment voulez-vous qu'un prince qui n'aura aucun droit...

— Mon roi à moi, ou plutôt votre roi à vous, sera tout ce qu'il faut qu'il soit, soyez tranquille.

— Prenez garde, prenez garde, monsieur d'Herblay, vous me donnez le frisson, vous me donnez le vertige.

---

1. Nom donné au frère cadet du roi. Philippe d'Orléans, né en 1640, en sa qualité de frère cadet du roi, fut appelé « Monsieur ».

Aramis sourit.

— Vous avez le frisson et le vertige à peu de frais, répliqua-t-il.

— Oh ! encore une fois, vous m'épouvantez.

Aramis sourit.

— Vous riez ? demanda Fouquet.

— Et, le jour venu, vous rirez comme moi ; seulement, je dois maintenant être seul à rire.

— Mais expliquez-vous.

— Au jour venu, je m'expliquerai, ne craignez rien. Vous n'êtes pas plus saint Pierre que je ne suis Jésus, et je vous dirai pourtant : « Homme de peu de foi, pourquoi doutez-vous ? »

— Eh ! mon Dieu ! je doute... je doute, parce que je ne vois pas.

— C'est qu'alors vous êtes aveugle : je ne vous traiterai donc plus en saint Pierre, mais en saint Paul, et je vous dirai : « Un jour viendra où tes yeux s'ouvriront. »

— Oh ! dit Fouquet, que je voudrais croire !

— Vous ne croyez pas ! vous à qui j'ai fait dix fois traverser l'abîme où seul vous vous fussiez engouffré ; vous ne croyez pas, vous qui de procureur général êtes monté au rang d'intendant, du rang d'intendant au rang de premier ministre, et qui du rang de premier ministre passerez à celui de maire du palais. Mais, non, dit-il avec son éternel sourire... Non, non, vous ne pouvez voir, et, par conséquent vous ne pouvez croire cela.

Et Aramis se leva pour se retirer.

— Un dernier mot, dit Fouquet, vous ne m'avez jamais parlé ainsi, vous ne vous êtes jamais montré si confiant, ou plutôt si téméraire.

— Parce que, pour parler haut, il faut avoir la voix libre.

— Vous l'avez donc ?

— Oui.

— Depuis peu de temps alors ?

— Depuis hier.

— Oh ! monsieur d'Herblay, prenez garde, vous poussez la sécurité jusqu'à l'audace.

— Parce que l'on peut être audacieux quand on est puissant.

— Vous êtes puissant ?

— Je vous ai offert dix millions, je vous les offre encore.

Fouquet se leva troublé à son tour.

— Voyons, dit-il, voyons : vous avez parlé de renverser des rois, de les remplacer par d'autres rois. Dieu me pardonne ! mais voilà, si je ne suis fou, ce que vous avez dit tout à l'heure.

— Vous n'êtes pas fou, et j'ai véritablement dit cela tout à l'heure.

— Et pourquoi l'avez-vous dit ?

— Parce que l'on peut parler ainsi de trônes renversés et de rois créés, quand on est soi-même au-dessus des rois et des trônes... de ce monde.

— Alors vous êtes tout-puissant ? s'écria Fouquet.

— Je vous l'ai dit et je vous le répète, répondit Aramis, l'œil brillant et la lèvre frémissante.

En réalité, Aramis veut placer sur le trône le frère jumeau de Louis XIV et se débarrasser de Fouquet pour devenir premier ministre du nouveau roi. À terme, il ambitionne de devenir pape.

Mme de Chevreuse, aujourd'hui ruinée, aurait besoin de deux cent mille écus. Elle demande un entretien à Aramis. Elle n'a pour toutes ressources que la pension de l'ordre des Jésuites dont elle fait partie. Elle possède des lettres du cardinal Mazarin qui attestent que Fouquet a puisé, dans les coffres de l'État, une large somme pour s'enrichir. Sachant qu'Aramis est dans les faveurs de Fouquet, elle veut faire chanter l'évêque. Aramis refuse. Mme de Chevreuse résout alors de prendre parti contre Fouquet. Aramis l'avertit que sa pension risque de lui être retirée. Mais Mme de Chevreuse va tenter de se réconcilier avec le pouvoir royal. Elle en a les moyens, assure-t-elle.

Mme de Chevreuse s'allie alors avec Colbert, avec lequel elle œuvre à la disgrâce de Fouquet. Elle lui vend les lettres de Mazarin contre cent mille écus et l'obtention d'un laissez-passer auprès d'Anne d'Autriche. Mme de Chevreuse, déguisée en béguine[1] , s'introduit dans le palais jusqu'aux appartements d'Anne d'Autriche. Elle prétend apporter un médicament révolutionnaire à Sa Majesté, déjà gravement atteinte d'un cancer. Elle sait qu'après son entrevue avec la reine, elle aura les cent mille écus dont elle a encore besoin. Couverte d'un masque noir, la béguine s'approche de la reine. Elle l'enjoint de parler, pour soulager son être. La béguine a des airs si mystérieux que la reine, n'y tenant plus, la supplie :

Elle n'eut pas plutôt achevé cette parole, que la reine se redressant :

— Parlez ! s'écria-t-elle d'un ton bref et impérieux, parlez ! Expliquez-vous nettement, vivement, complètement, ou sinon...

— Ne menacez point, reine, dit la béguine avec douceur ; je suis venue à vous pleine de

---

1. Les béguines étaient des religieuses, veuves ou demoiselles, vivant en communauté (les béguinages). Contrairement aux sœurs des couvents, elles ne prêtaient pas de vœux solennels, mais s'engageaient à vivre selon une règle religieuse. Les béguinages étaient surtout répandus en Flandre et aux Pays-Bas.

respect et de compassion, j'y suis venue de la part d'une amie.

— Prouvez-le donc ! Soulagez au lieu d'irriter.

— Facilement ; et Votre Majesté va voir si l'on est son amie.

— Voyons.

— Quel malheur est-il arrivé à Votre Majesté depuis vingt-trois ans ?...

— Mais, de grands malheurs : n'ai-je pas perdu le roi ?

— Je ne parle pas de ces sortes de malheurs. Je veux vous demander si, depuis... la naissance du roi... une indiscrétion d'amie a causé quelque douleur à Votre Majesté.

— Je ne vous comprends pas, répondit la reine en serrant les dents pour cacher son émotion.

— Je vais me faire comprendre. Votre Majesté se souvient que le roi est né le 5 septembre 1638, à onze heures un quart ?

— Oui, bégaya la reine.

— À midi et demi, continua la béguine, le dauphin, ondoyé déjà par Mgr de Meaux sous les yeux du roi, sous vos yeux, était reconnu héritier de la couronne de France. Le roi se rendit à la chapelle du vieux château de Saint-Germain pour entendre le *Te Deum*.

— Tout cela est exact, murmura la reine.

— L'accouchement de Votre Majesté s'était fait en présence de feu Monsieur[1], des princes, des dames de la cour. Le médecin du roi, Bouvard, et le chirurgien Honoré se tenaient dans l'anti-chambre. Votre Majesté s'endormit vers trois heures jusqu'à sept heures environ, n'est-ce pas ?

— Sans doute ; mais vous me récitez là ce que tout le monde sait comme vous et moi.

— J'arrive, madame, à ce que peu de personnes savent. Peu de personnes, disais-je ? hélas ! je pour-rais dire deux personnes, car il y en avait cinq seule-ment autrefois, et, depuis quelques années, le secret s'est assuré par la mort des principaux participants. Le roi notre seigneur dort avec ses pères ; la sage-femme Péronne l'a suivi de près, La Porte est oublié déjà.

La reine ouvrit la bouche pour répondre ; elle trouva sous sa main glacée, dont elle caressait son visage, les gouttes pressées d'une sueur brûlante.

— Il était huit heures, poursuivit la béguine ; le roi soupait d'un grand cœur ; ce n'étaient autour de lui que joie, cris, rasades ; le peuple hurlait sous les balcons ; les Suisses, les mousquetaires et les gardes erraient par la ville, portés en triomphe par les étu-diants ivres.

---

1. Il s'agit ici du frère cadet de Louis XIII : Gaston d'Orléans.

« Ces bruits formidables de l'allégresse publique faisaient gémir doucement dans les bras de Mme de Lansac, sa gouvernante, le dauphin, le futur roi de France, dont les yeux, lorsqu'ils s'ouvriraient, devaient apercevoir deux couronnes au fond de son berceau. Tout à coup Votre Majesté poussa un cri perçant, et dame Péronne reparut à son chevet.

« Les médecins dînaient dans une salle éloignée. Le palais, désert à force d'être envahi, n'avait plus ni consignes ni gardes. La sage-femme, après avoir examiné l'état de Votre Majesté, se récria, surprise, et, vous prenant en ses bras, éplorée, folle de douleur, envoya La Porte pour prévenir le roi que Sa Majesté la reine voulait le voir dans sa chambre. La Porte, vous le savez, madame, était un homme de sang-froid et d'esprit. Il n'approcha pas du roi en serviteur effrayé qui sent son importance, et veut effrayer aussi ; d'ailleurs, ce n'était pas une nouvelle effrayante que celle qu'attendait le roi. Toujours est-il que La Porte parut, le sourire sur les lèvres, près de la chaise du roi et lui dit : "Sire, la reine est bien heureuse et le serait encore plus de voir Votre Majesté."

« Ce jour-là, Louis XIII eût donné sa couronne à un pauvre pour un Dieu gard ! Gai, léger, vif, le roi sortit de table en disant, du ton que Henri IV eût pu prendre : "Messieurs, je vais voir ma femme."

« Il arriva chez vous, madame, au moment où dame Péronne lui tendait un second prince, beau et fort comme le premier, en lui disant : "Sire, Dieu ne veut pas que le royaume de France tombe en quenouille."

« Le roi, dans son premier mouvement, sauta sur cet enfant et cria : "Merci, mon Dieu !"

La béguine s'arrêta en cet endroit, remarquant combien souffrait la reine. Anne d'Autriche, renversée dans son fauteuil, la tête penchée, les yeux fixes, écoutait sans entendre et ses lèvres s'agitaient convulsivement pour une prière à Dieu ou pour une imprécation contre cette femme.

— Ah ! ne croyez pas que, s'il n'y a qu'un dauphin en France, s'écria la béguine, ne croyez pas que, si la reine a laissé cet enfant végéter loin du trône, ne croyez pas qu'elle fût une mauvaise mère. Oh ! non... Il est des gens qui savent combien de larmes elle a versées ; il est des gens qui ont pu compter les ardents baisers qu'elle donnait à la pauvre créature en échange de cette vie de misère et d'ombre à laquelle la raison d'État condamnait le frère jumeau de Louis XIV.

— Mon Dieu ! mon Dieu ! murmura faiblement la reine.

— On sait, continua vivement la béguine, que le roi, se voyant deux fils, tous deux égaux en âge, en prétentions, trembla pour le salut de la France, pour la tranquillité de son État. On sait que M. le cardinal de Richelieu, mandé à cet effet par Louis XIII, réfléchit plus d'une heure dans le cabinet de Sa Majesté, et prononça cette sentence : « Il y a un roi né pour succéder à Sa Majesté. Dieu en a fait naître un autre pour succéder à ce premier roi ; mais, à présent, nous n'avons besoin que du premier-né ; cachons le second à la France comme Dieu l'avait caché à ses parents eux-mêmes. » Un prince, c'est pour l'État la paix et la sécurité ; deux compétiteurs, c'est la guerre civile et l'anarchie.

La reine se leva brusquement, pâle et les poings crispés.

— Vous en savez trop, dit-elle d'une voix sourde, puisque vous touchez aux secrets de l'État. Quant aux amis de qui vous tenez ce secret, ce sont des lâches, de faux amis. Vous êtes leur complice dans le crime qui s'accomplit aujourd'hui. Maintenant, à bas le masque, ou je vous fais arrêter par mon capitaine des gardes. Oh ! ce secret ne me fait pas peur ! Vous l'avez eu, vous me le rendrez ! Il se glacera dans votre sein ; ni ce secret ni votre vie ne vous appartiennent plus à partir de ce moment !

Anne d'Autriche, joignant le geste à la menace, fit deux pas vers la béguine.

— Apprenez, dit celle-ci, à connaître la fidélité, l'honneur, la discrétion de vos amis abandonnés.

Elle enleva soudain son masque.

— Madame de Chevreuse ! s'écria la reine.

— La seule confidente du secret, avec Votre Majesté.

— Ah ! murmura Anne d'Autriche, venez m'embrasser, duchesse. Hélas ! c'est tuer ses amis, que se jouer ainsi avec leurs chagrins mortels.

Et la reine, appuyant sa tête sur l'épaule de la vieille duchesse, laissa échapper de ses yeux une source de larmes amères.

— Que vous êtes jeune encore ! dit celle-ci d'une voix sourde. Vous pleurez !

Deux amies

La reine regarda fièrement Mme de Chevreuse.

— Je crois, dit-elle, que vous avez prononcé le mot heureuse en parlant de moi. Jusqu'à présent, duchesse, j'avais cru impossible qu'une créature humaine pût se trouver moins heureuse que la reine de France.

— Madame, vous avez été, en effet, une mère de douleurs. Mais, à côté de ces misères illustres dont nous nous entretenions tout à l'heure, nous, vieilles amies, séparées par la méchanceté des hommes ; à côté, dis-je, de ces infortunes royales, vous avez les joies peu sensibles, c'est vrai, mais fort enviées de ce monde.

— Lesquelles ? dit amèrement Anne d'Autriche. Comment pouvez-vous prononcer le mot joie, duchesse, vous qui tout à l'heure reconnaissiez qu'il faut des remèdes à mon corps et à mon esprit ?

Mme de Chevreuse se recueillit un moment.

— Que les rois sont loin des autres hommes ! murmura-t-elle.

— Que voulez-vous dire ?

— Je veux dire qu'ils sont tellement éloignés du vulgaire, qu'ils oublient pour les autres toutes les nécessités de la vie. Comme l'habitant de la montagne africaine qui, du sein de ses plateaux verdoyants rafraîchis par les ruisseaux de neige, ne comprend pas que l'habitant de la plaine meurt de soif et de faim au milieu des terres calcinées par le soleil.

La reine rougit légèrement ; elle venait de comprendre.

— Savez-vous, dit-elle, que c'est mal de nous avoir délaissée ?

— Oh ! madame, le roi a hérité, dit-on, la haine que me portait son père. Le roi me congédierait s'il me savait au Palais-Royal.

— Je ne dis pas que le roi soit bien disposé en

votre faveur, duchesse, répliqua la reine ; mais, moi, je pourrais... secrètement.

La duchesse laissa percer un sourire dédaigneux qui inquiéta son interlocutrice.

— Du reste, se hâta d'ajouter la reine, vous avez très bien fait de venir ici.

— Merci, madame !

— Ne fût-ce que pour nous donner cette joie de démentir le bruit de votre mort.

— On avait dit effectivement que j'étais morte ?

— Partout.

— Mes enfants n'avaient pas pris le deuil, cependant.

— Ah ! vous savez, duchesse, la cour voyage souvent ; nous voyons peu MM. d'Albert, de Luynes, et bien des choses échappent dans les préoccupations au milieu desquelles nous vivons constamment.

— Votre Majesté n'eût pas dû croire au bruit de ma mort.

— Pourquoi pas ? Hélas ! nous sommes mortels ; ne voyez-vous pas que moi, votre sœur cadette, comme nous disions autrefois, je penche déjà vers la sépulture ?

— Votre Majesté, si elle avait cru que j'étais morte, devait s'étonner alors de n'avoir pas reçu de mes nouvelles.

— La mort surprend parfois bien vite, duchesse.

— Oh ! Votre Majesté ! Les âmes chargées de secrets comme celui dont nous parlions tout à l'heure ont toujours un besoin d'épanchement qu'il faut satisfaire d'avance. Au nombre des relais préparés pour l'éternité, on compte la mise en ordre de ses papiers.

La reine tressaillit.

— Votre Majesté, dit la duchesse, saura d'une façon certaine le jour de ma mort.

— Comment cela ?

— Parce que Votre Majesté recevra le lendemain, sous une quadruple enveloppe, tout ce qui a échappé de nos petites correspondances si mystérieuses d'autrefois.

— Vous n'avez pas brûlé ? s'écria Anne avec effroi.

— Oh ! chère Majesté, répliqua la duchesse, les traîtres seuls brûlent une correspondance royale.

— Les traîtres ?

— Oui, sans doute ; ou plutôt ils font semblant de la brûler, la gardent ou la vendent.

— Mon Dieu !

— Les fidèles, au contraire, enfouissent précieusement de pareils trésors ; puis, un jour, ils viennent trouver leur reine, et lui disent : « Madame, je vieillis, je me sens malade ; il y a danger de mort pour moi, danger de révélation pour le secret de Votre Majesté ; prenez donc ce papier dangereux et brûlez-le vous-même. »

— Un papier dangereux ! Lequel ?

— Quant à moi, je n'en ai qu'un, c'est vrai, mais il est bien dangereux.

— Oh ! duchesse, dites, dites !

— C'est ce billet... daté du 2 août 1644, où vous me recommandiez d'aller à Noisy-le-Sec pour voir ce cher et malheureux enfant. Il y a cela de votre main, madame : « Cher malheureux enfant. »

Il se fit un silence profond à ce moment : la reine sondait l'abîme, Mme de Chevreuse tendait son piège.

— Oui, malheureux, bien malheureux ! murmura Anne d'Autriche ; quelle triste existence a-t-il menée, ce pauvre enfant, pour aboutir à une si cruelle fin !

— Il est mort ? s'écria vivement la duchesse avec une curiosité dont la reine saisit avidement l'accent sincère.

— Mort de consomption, mort oublié, flétri, mort comme ces pauvres fleurs données par un amant et que la maîtresse laisse expirer dans un tiroir pour les cacher à tout le monde.

— Mort ! répéta la duchesse avec un air de découragement qui eût bien réjoui la reine, s'il n'eût été tempéré par un mélange de doute. Mort à Noisy-le-Sec ?

— Mais oui, dans les bras de son gouverneur, pauvre serviteur honnête, qui n'a pas survécu longtemps.

— Cela se conçoit : c'est si lourd à porter un deuil et un secret pareils.

La reine ne se donna pas la peine de relever l'ironie de cette réflexion. Mme de Chevreuse continua.

— Eh bien ! madame, je m'informai, il y a quelques années, à Noisy-le-Sec même, du sort de cet enfant si malheureux. On m'apprit qu'il ne passait pas pour être mort, voilà pourquoi je ne m'étais pas affligée tout d'abord avec Votre Majesté. Oh ! certes, si je l'eusse cru, jamais une allusion à ce déplorable événement ne fût venue réveiller les bien légitimes douleurs de Votre Majesté.

— Vous dites que l'enfant ne passait pas pour être mort à Noisy ?

— Non, madame.

— Que disait-on de lui, alors ?

— On disait... On se trompait sans doute.

— Dites toujours.

— On disait qu'un soir, vers 1645, une dame belle et majestueuse, ce qui se remarqua malgré le masque et la mante qui la cachaient, une dame de haute qualité, de très haute qualité sans doute, était venue dans un carrosse à l'embranchement de la route, la même, vous savez, où j'attendais des nouvelles du jeune prince, quand Votre Majesté daignait m'y envoyer.

— Eh bien ?

— Et que le gouverneur avait mené l'enfant à cette dame.

— Après ?

— Le lendemain, gouverneur et enfant avaient quitté le pays.

— Vous voyez bien ! Il y a du vrai là-dedans, puisque, effectivement, le pauvre enfant mourut d'un de ces coups de foudre qui font que, jusqu'à sept ans, au dire des médecins, la vie des enfants tient à un fil.

— Oh ! ce que dit Votre Majesté est la vérité ; nul ne le sait mieux que vous, madame ; nul ne le croit plus que moi. Mais admirez la bizarrerie...

« Qu'est-ce encore ? » pensa la reine.

— La personne qui m'avait rapporté ces détails, qui avait été s'informer de la santé de l'enfant, cette personne...

— Vous aviez confié un pareil soin à quelqu'un ? Oh ! duchesse !

— Quelqu'un de muet comme Votre Majesté, comme moi-même ; mettons que c'est moi-même, madame. Ce quelqu'un, dis-je, passant quelque temps après en Touraine...

— En Touraine ?

— ... reconnut le gouverneur et l'enfant, pardon ! crut les reconnaître, vivants tous deux, gais et heureux et florissants tous deux, l'un dans sa verte vieillesse, l'autre dans sa jeunesse en fleur ! Jugez, d'après cela, ce que c'est que les bruits qui courent, ayez donc foi, après cela, à quoi que ce soit de ce qui se passe en ce monde. Mais je fatigue Votre Majesté. Oh ! ce n'est pas mon intention, et je prendrai congé d'elle après lui avoir renouvelé l'assurance de mon respectueux dévouement.

Mme. de Chevreuse a obtenu satisfaction auprès de la reine. De son côté, Aramis doit agir vite pour mettre son plan à exécution : Mme de Chevreuse lui a fait comprendre que la disgrâce de Fouquet était imminente et l'évêque se doute qu'elle y contribue avec soin. Il rend visite à M. de Baisemeaux, le gouverneur de la Bastille, qui lui doit sa place et est son obligé. Aramis, lors de sa dernière visite au gouverneur, a pris soin de glisser un billet dans le pain du prisonnier Marchiali. C'est en effet sous ce nom qu'est enfermé Philippe, frère jumeau du roi Louis XIV. Ce billet annonce au prisonnier que quelqu'un a des révélations à lui faire. Il lui recommande, à une date qu'il lui fixe, de faire semblant d'être malade et de réclamer un confesseur. Le jour dit, Aramis rend visite à Baisemeaux. Au cours de la visite, un valet vient réclamer un confesseur de la part du prisonnier Marchiali. Aramis manipule Baisemeaux : il lui révèle qu'il est le gouverneur de l'Ordre, afin qu'il lui soit demandé de se rendre auprès du prisonnier pour le confesser. Aramis pénètre dans la cellule, et annonce au jeune homme qui se tient devant lui qu'il a des choses très importantes à lui communiquer.

— Je vous promets, répondit le prisonnier, de vous écouter sans impatience. Seulement, il me semble que j'ai le droit de vous répéter cette question que je vous ai déjà faite : Qui êtes-vous ?

— Vous souvient-il, il y a quinze ou dix-huit ans, d'avoir vu à Noisy-le-Sec un cavalier qui venait avec une dame, vêtue ordinairement de soie noire, avec des rubans couleur de feu dans les cheveux ?

— Oui, dit le jeune homme : une fois j'ai demandé le nom de ce cavalier, et l'on m'a dit qu'il s'appelait l'abbé d'Herblay. Je me suis étonné que cet abbé eût l'air si guerrier, et l'on m'a répondu qu'il n'y avait rien d'étonnant à cela, attendu que c'était un mousquetaire du roi Louis XIII.

— Eh bien ! dit Aramis, ce mousquetaire autre-fois, cet abbé alors, évêque de Vannes depuis, votre confesseur aujourd'hui, c'est moi.

— Je le sais. Je vous avais reconnu.

— Eh bien ! monseigneur, si vous savez cela, il faut que j'y ajoute une chose que vous ne savez pas : c'est que si la présence ici de ce mousquetaire, de cet abbé, de cet évêque, de ce confesseur était connue du roi, ce soir, demain, celui qui a tout ris-qué pour venir à vous verrait reluire la hache du bourreau au fond d'un cachot plus sombre et plus perdu que ne l'est le vôtre.

En écoutant ces mots fermement accentués, le jeune homme s'était soulevé sur son lit, et avait plongé des regards de plus en plus avides dans les regards d'Aramis.

Le résultat de cet examen fut que le prisonnier parut prendre quelque confiance.

— Oui, murmura-t-il, oui, je me souviens parfai-tement. La femme dont vous parlez vint une fois avec vous, et deux autres fois avec la femme...

Il s'arrêta.

— Avec la femme qui venait vous voir tous les mois, n'est-ce pas, monseigneur ?

— Oui.

— Savez-vous quelle était cette dame ?

Un éclair parut près de jaillir de l'œil du prisonnier.

— Je sais que c'était une dame de la cour, dit-il.

— Vous vous la rappelez bien, cette dame ?

— Oh ! mes souvenirs ne peuvent être bien confus sous ce rapport, dit le jeune prisonnier ; j'ai vu une fois cette dame avec un homme de quarante-cinq ans, à peu près, j'ai vu une fois cette dame avec vous et avec la dame à la robe noire et aux rubans couleur de feu ; je l'ai revue deux fois depuis avec la même personne. Ces quatre personnes avec mon gouverneur et la vieille Perronnette, mon geôlier et le gouverneur, sont les seules personnes à qui j'aie jamais parlé, et, en vérité, presque les seules personnes que j'aie jamais vues.

— Mais vous étiez donc en prison ?

— Si je suis en prison ici, relativement j'étais libre là-bas, quoique ma liberté fût bien restreinte ; une maison d'où je ne sortais pas, un grand jardin entouré de murs que je ne pouvais franchir : c'était ma demeure ; vous la connaissez, puisque vous y êtes venu. Au reste, habitué à vivre dans les limites de ces murs et de cette maison, je n'ai jamais désiré en sortir. Donc, vous comprenez, monsieur, n'ayant rien vu de ce monde, je ne puis rien désirer, et, si vous me racontez quelque chose, vous serez forcé de tout m'expliquer.

— Ainsi ferai-je, monseigneur, dit Aramis en s'inclinant ; car c'est mon devoir.

— Eh bien ! commencez donc par me dire ce qu'était mon gouverneur.

— Un bon gentilhomme, monseigneur, un honnête gentilhomme surtout, un précepteur à la fois pour votre corps et pour votre âme. Avez-vous jamais eu à vous en plaindre ?

— Oh ! non, monsieur, bien au contraire ; mais ce gentilhomme m'a dit souvent que mon père et ma mère étaient morts ; ce gentilhomme mentait-il ou disait-il la vérité ?

— Il était forcé de suivre les ordres qui lui étaient donnés.

— Alors il mentait donc ?

— Sur un point. Votre père est mort.

— Et ma mère ?

— Elle est morte pour vous.

— Mais, pour les autres, elle vit, n'est-ce pas ?

— Oui.

— Et moi (le jeune homme regarda Aramis), moi, je suis condamné à vivre dans l'obscurité d'une prison ?

— Hélas ! je le crois.

— Et cela, continua le jeune homme, parce que ma présence dans le monde révélerait un grand secret ?

— Un grand secret, oui.

— Pour faire enfermer à la Bastille un enfant tel que je l'étais, il faut que mon ennemi soit bien puissant.

— Il l'est.

— Plus puissant que ma mère, alors ?

— Pourquoi cela ?

— Parce que ma mère m'eût défendu.

Aramis hésita.

— Plus puissant que votre mère, oui, monseigneur.

— Pour que ma nourrice et le gentilhomme aient été enlevés et pour qu'on m'ait séparé d'eux ainsi, j'étais donc ou ils étaient donc un bien grand danger pour mon ennemi ?

— Oui, un danger dont votre ennemi s'est délivré en faisant disparaître le gentilhomme et la nourrice, répondit tranquillement Aramis.

— Disparaître ? demanda le prisonnier. Mais de quelle façon ont-ils disparu ?

— De la façon la plus sûre, répondit Aramis : ils sont morts.

Le jeune homme pâlit légèrement et passa une main tremblante sur son visage.

— Par le poison ? demanda-t-il.

— Par le poison.

Le prisonnier réfléchit un instant.

— Pour que ces deux innocentes créatures, reprit-il, mes seuls soutiens, aient été assassinées le même jour, il faut que mon ennemi soit bien cruel, ou bien contraint par la nécessité ; car ce digne gentilhomme et cette pauvre femme n'avaient jamais fait de mal à personne.

— La nécessité est dure dans votre maison, monseigneur. Aussi est-ce une nécessité qui me fait, à mon grand regret, vous dire que ce gentilhomme et cette nourrice ont été assassinés.

— Oh ! vous ne m'apprenez rien de nouveau, dit le prisonnier en fronçant le sourcil.

— Comment cela ?

— Je m'en doutais.

— Pourquoi ?

— Je vais vous le dire.

En ce moment, le jeune homme, s'appuyant sur ses deux coudes, s'approcha du visage d'Aramis avec une telle expression de dignité, d'abnégation, de défi même, que l'évêque sentit l'électricité de l'enthousiasme monter en étincelles dévorantes de son cœur flétri à son crâne dur comme l'acier.

— Parlez, monseigneur. Je vous ai déjà dit que j'expose ma vie en vous parlant. Si peu que soit ma vie, je vous supplie de la recevoir comme rançon de la vôtre.

— Eh bien ! reprit le jeune homme, voici pourquoi je soupçonnais que l'on avait tué ma nourrice et mon gouverneur.

— Que vous appeliez votre père.

— Oui, que j'appelais mon père, mais dont je savais bien que je n'étais pas le fils.

— Qui vous avait fait supposer ?...

— De même que vous êtes, vous, trop respectueux pour un ami, lui était trop respectueux pour un père.

— Moi, dit Aramis, je n'ai pas le dessein de me déguiser.

Le jeune homme fit un signe de tête et continua :

— Sans doute, je n'étais pas destiné à demeurer éternellement enfermé, dit le prisonnier, et ce qui me le fait croire, maintenant surtout, c'est le soin qu'on prenait de faire de moi un cavalier aussi accompli que possible. Le gentilhomme qui était près de moi m'avait appris tout ce qu'il savait lui-même : les mathématiques, un peu de géométrie, d'astronomie, l'escrime, le manège. Tous les matins, je faisais des armes dans une salle basse, et montais à cheval dans le jardin. Eh bien ! un matin, c'était pendant l'été, car il faisait une grande chaleur, je m'étais endormi dans cette salle basse. Rien, jusque-là, ne m'avait, excepté le respect de mon gouverneur, instruit ou donné des soupçons. Je vivais comme les oiseaux, comme les plantes, d'air et de soleil ; je venais d'avoir quinze ans.

— Alors, il y a huit ans de cela ?

— Oui, à peu près ; j'ai perdu la mesure du temps.

— Pardon, mais que vous disait votre gouverneur pour vous encourager au travail ?

— Il me disait qu'un homme doit chercher à se faire sur la terre une fortune que Dieu lui a refusée en naissant ; il ajoutait que, pauvre, orphelin, obscur, je ne pouvais compter que sur moi, et que nul ne s'intéressait ou ne s'intéresserait jamais à ma personne. J'étais donc dans cette salle basse, et, fatigué par ma leçon d'escrime, je m'étais endormi. Mon gouverneur était dans sa chambre, au premier étage, juste au-dessus de moi. Soudain j'entendis comme un petit cri poussé par mon gouverneur. Puis il appela : « Perronnette ! Perronnette ! » C'était ma nourrice qu'il appelait.

— Oui, je sais, dit Aramis ; continuez, monseigneur, continuez.

— Sans doute elle était au jardin, car mon gouverneur descendit l'escalier avec précipitation. Je me levai, inquiet de le voir inquiet lui-même. Il ouvrit la porte qui, du vestibule, menait au jardin, en criant toujours : « Perronnette ! Perronnette ! » Les fenêtres de la salle basse donnaient sur la cour ;

les volets de ces fenêtres étaient fermés ; mais, par une fente du volet, je vis mon gouverneur s'approcher d'un large puits situé presque au-dessous des fenêtres de son cabinet de travail. Il se pencha sur la margelle, regarda dans le puits, et poussa un nouveau cri en faisant de grands gestes effarés. D'où j'étais, je pouvais non seulement voir, mais encore entendre. Je vis donc, j'entendis donc.

— Continuez, monseigneur, je vous en prie, dit Aramis.

— Dame Perronnette accourait aux cris de mon gouverneur. Il alla au-devant d'elle, la prit par le bras et l'entraîna vivement vers la margelle ; après quoi, se penchant avec elle dans le puits, il lui dit :

« — Regardez, regardez, quel malheur !

« — Voyons, voyons, calmez-vous, disait dame Perronnette ; qu'y a-t-il ?

« — Cette lettre, criait mon gouverneur, voyez-vous cette lettre ?

« Et il étendait la main vers le fond du puits.

« — Quelle lettre ? demanda la nourrice.

« — Cette lettre que vous voyez là-bas, c'est la dernière lettre de la reine.

« À ce mot je tressaillis. Mon gouverneur, celui qui passait pour mon père, celui qui me recommandait sans cesse la modestie et l'humilité, en correspondance avec la reine !

« — La dernière lettre de la reine ? s'écria dame Perronnette sans paraître étonnée autrement que de voir cette lettre au fond du puits. Et comment est-elle là ?

« — Un hasard, dame Perronnette, un hasard étrange ! Je rentrais chez moi ; en rentrant, j'ouvre la porte ; la fenêtre de son côté était ouverte ; un courant d'air s'établit ; je vois un papier qui s'envole, je reconnais que ce papier, c'est la lettre de la reine ; je cours à la fenêtre en poussant un cri ; le papier flotte un instant en l'air et tombe dans le puits.

« — Eh bien ! dit dame Perronnette, si la lettre est tombée dans le puits, c'est comme si elle était brûlée, et, puisque la reine brûle elle-même toutes ses lettres, chaque fois qu'elle vient...

« Chaque fois qu'elle vient ! Ainsi cette femme qui venait tous les mois, c'était la reine ? interrompit le prisonnier.

— Oui, fit de la tête Aramis.

— « Sans doute, sans doute, continua le vieux gentilhomme, mais cette lettre contenait des instructions. Comment ferai-je pour les suivre ?

« — Écrivez vite à la reine, racontez-lui la chose comme elle s'est passée, et la reine vous écrira une seconde lettre en place de celle-ci.

« — Oh ! la reine ne voudra pas croire à cet

accident, dit le bonhomme en branlant la tête ; elle pensera que j'ai voulu garder cette lettre, au lieu de la lui rendre comme les autres, afin de m'en faire une arme. Elle est si défiante, et M. de Mazarin si... Ce démon d'Italien est capable de nous faire empoisonner au premier soupçon ! »

Aramis sourit avec un imperceptible mouvement de tête.

— « Vous savez, dame Perronnette, tous les deux sont si ombrageux à l'endroit de Philippe !

« Philippe, c'est le nom qu'on me donnait, interrompit le prisonnier.

« — Eh bien ! alors, il n'y a pas à hésiter, dit dame Perronnette, il faut faire descendre quelqu'un dans le puits.

« — Oui, pour que celui qui rapportera le papier y lise en remontant.

« — Prenons, dans le village, quelqu'un qui ne sache pas lire ; ainsi vous serez tranquille.

« — Soit ; mais celui qui descendra dans le puits ne devinera-t-il pas l'importance d'un papier pour lequel on risque la vie d'un homme ? Cependant vous venez de me donner une idée, dame Perronnette ; oui, quelqu'un descendra dans le puits, et ce quelqu'un sera moi.

« Mais, sur cette proposition, dame Perronnette

se mit à s'éplorer et à s'écrier de telle façon, elle supplia si fort en pleurant le vieux gentilhomme, qu'il lui promit de se mettre en quête d'une échelle assez grande pour qu'on pût descendre dans le puits, tandis qu'elle irait jusqu'à la ferme chercher un garçon résolu, à qui l'on ferait accroire qu'il était tombé un bijou dans le puits, que ce bijou était enveloppé dans du papier, et, comme le papier, remarqua mon gouverneur, se développe à l'eau, il ne sera pas surprenant qu'on ne retrouve que la lettre tout ouverte.

« — Elle aura peut-être déjà eu le temps de s'effacer, dit dame Perronnette.

« — Peu importe, pourvu que nous ayons la lettre. En remettant la lettre à la reine, elle verra bien que nous ne l'avons pas trahie, et, par conséquent, n'excitant pas la défiance de M. de Mazarin, nous n'aurons rien à craindre de lui.

« Cette résolution prise, ils se séparèrent. Je repoussai le volet, et, voyant que mon gouverneur s'apprêtait à rentrer, je me jetai sur mes coussins avec un bourdonnement dans la tête, causé par tout ce que je venais d'entendre.

« Mon gouverneur entrebâilla la porte quelques secondes après que je m'étais rejeté sur mes coussins, et, me croyant assoupi, la referma doucement.

« À peine fut-elle refermée, que je me relevai, et, prêtant l'oreille, j'entendis le bruit des pas qui s'éloignaient. Alors je revins à mon volet, et je vis sortir mon gouverneur et dame Perronnette.

« J'étais seul à la maison.

« Ils n'eurent pas plutôt refermé la porte, que, sans prendre la peine de traverser le vestibule, je sautai par la fenêtre et courus au puits.

« Alors, comme s'était penché mon gouverneur, je me penchai à mon tour.

« Je ne sais quoi de blanchâtre et de lumineux tremblotait dans les cercles frissonnants de l'eau verdâtre. Ce disque brillant me fascinait et m'attirait. Mes yeux étaient fixes, ma respiration haletante. Le puits m'aspirait avec sa large bouche et son haleine glacée : il me semblait lire au fond de l'eau des caractères de feu tracés sur le papier qu'avait touché la reine.

« Alors, sans savoir ce que je faisais, et animé par un de ces mouvements instinctifs qui vous poussent sur les pentes fatales, je roulai une extrémité de la corde au pied de la potence du puits, je laissai pendre le seau jusque dans l'eau, à trois pieds de profondeur à peu près, tout cela en me donnant bien du mal pour ne pas déranger le précieux papier, qui commençait à changer sa couleur blanchâtre contre une teinte verdâtre, preuve qu'il s'enfonçait, puis, un morceau de toile mouillée entre les mains, je me laissai glisser dans l'abîme.

« Quand je me vis suspendu au-dessus de cette flaque d'eau sombre, quand je vis le ciel diminuer au-dessus de ma tête, le froid s'empara de moi, le vertige me saisit et fit dresser mes cheveux ; mais ma volonté domina tout, terreur et malaise. J'atteignis l'eau, et je m'y plongeai d'un seul coup, me retenant d'une main, tandis que j'allongeais l'autre, et que je saisissais le précieux papier, qui se déchira en deux entre mes doigts.

« Je cachai les deux morceaux dans mon justaucorps, et, m'aidant des pieds aux parois du puits, me suspendant des mains, vigoureux, agile, et pressé surtout, je regagnai la margelle, que j'inondai en la touchant de l'eau qui ruisselait de toute la partie inférieure de mon corps.

« Une fois hors du puits avec ma proie, je me mis à courir au soleil, et j'atteignis le fond du jardin, où se trouvait une espèce de petit bois. C'est là que je voulais me réfugier.

« Comme je mettais le pied dans ma cachette, la cloche qui retentissait lorsque s'ouvrait la grand-porte sonna. C'était mon gouverneur qui rentrait. Il était temps !

« Je calculai qu'il me restait dix minutes avant qu'il m'atteignît, si, devinant où j'étais, il venait droit à moi ; vingt minutes, s'il prenait la peine de me chercher.

« C'était assez pour lire cette précieuse lettre, dont je me hâtai de rapprocher les deux fragments. Les caractères commençaient à s'effacer.

« Cependant, malgré tout, je parvins à déchiffrer la lettre.

— Et qu'y avez-vous lu, monseigneur ? demanda Aramis vivement intéressé.

— Assez de choses pour croire, monsieur, que le valet était un gentilhomme, et que Perronnette, sans être une grande dame, était cependant plus qu'une servante ; enfin, que j'avais moi-même quelque naissance, puisque la reine Anne d'Autriche et le premier ministre Mazarin me recommandaient si soigneusement.

Le jeune homme s'arrêta tout ému.

— Et qu'arriva-t-il ? demanda Aramis.

— Il arriva, monsieur, répondit le jeune homme, que l'ouvrier appelé par mon gouverneur ne trouva rien dans le puits, après l'avoir fouillé en tous sens ; il arriva que mon gouverneur s'aperçut que la margelle était toute ruisselante ; il arriva que je ne m'étais pas si bien séché au soleil que dame Perronnette ne reconnût que mes habits étaient tout humides ; il arriva enfin que je fus pris d'une grosse fièvre causée par la fraîcheur de l'eau et l'émotion de ma découverte, et que cette fièvre fut suivie d'un délire pendant lequel je racontai tout ; de sorte que, guidé par mes propres aveux, mon gouverneur trouva sous mon chevet les deux fragments de la lettre écrite par la reine.

— Ah ! fit Aramis, je comprends à cette heure.

— À partir de là, tout est conjecture. Sans doute, le pauvre gentilhomme et la pauvre femme, n'osant garder le secret de ce qui venait de se passer, écrivirent tout à la reine et lui renvoyèrent la lettre déchirée.

— Après quoi, dit Aramis, vous fûtes arrêté et conduit à la Bastille ?

— Vous le voyez.

— Puis vos serviteurs disparurent ?

— Hélas !

— Ne nous occupons pas des morts, reprit Aramis, et voyons ce que l'on peut faire avec le vivant. Vous m'avez dit que vous étiez résigné ?

— Et je vous le répète.

— Sans souci de la liberté ?

— Je vous l'ai dit.

— Sans ambition, sans regret, sans pensée ?

Le jeune homme ne répondit rien.

— Eh bien ! demanda Aramis, vous vous taisez ?

— Je crois que j'ai assez parlé, répondit le prisonnier, et que c'est votre tour. Je suis fatigué.

— Je vais vous obéir, dit Aramis.

Aramis se recueillit, et une teinte de solennité profonde se répandit sur toute sa physionomie. On sentait qu'il en était arrivé à la partie importante du rôle qu'il était venu jouer dans la prison.

— Une première question, fit Aramis.

— Laquelle ? Parlez.

— Dans la maison que vous habitiez, il n'y avait ni glace ni miroir, n'est-ce pas ?

— Qu'est-ce que ces deux mots, et que signifient-ils ? demanda le jeune homme. Je ne les connais même pas.

— On entend par miroir ou glace un meuble qui réfléchit les objets, qui permet, par exemple, que l'on voie les traits de son propre visage dans un verre préparé, comme vous voyez les miens à l'œil nu.

— Non, il n'y avait dans la maison ni glace ni miroir, répondit le jeune homme.

Aramis regarda autour de lui.

— Il n'y en a pas non plus ici, dit-il ; les mêmes précautions ont été prises ici que là-bas.

— Dans quel but ?

— Vous le saurez tout à l'heure. Maintenant, pardonnez-moi ; vous m'avez dit que l'on vous avait appris les mathématiques, l'astronomie, l'escrime, le manège ; vous ne m'avez point parlé d'histoire.

— Quelquefois, mon gouverneur m'a raconté les hauts faits du roi saint Louis, de François Ier et du roi Henri IV.

— Voilà tout ?

— Voilà à peu près tout.

— Eh bien ! je le vois, c'est encore un calcul : comme on vous avait enlevé les miroirs qui réfléchissent le présent, on vous a laissé ignorer l'histoire qui réfléchit le passé. Depuis votre emprisonnement, les livres vous ont été interdits, de sorte que bien des faits vous sont inconnus, à l'aide desquels vous pourriez reconstruire l'édifice écroulé de vos souvenirs ou de vos intérêts.

— C'est vrai, dit le jeune homme.

— Écoutez, je vais donc, en quelques mots, vous dire ce qui s'est passé en France depuis vingt-trois ou vingt-quatre ans, c'est-à-dire depuis la date probable de votre naissance, c'est-à-dire, enfin, depuis le moment qui vous intéresse.

— Dites.

Et le jeune homme reprit son attitude sérieuse et recueillie.

— Savez-vous quel fut le fils du roi Henri IV ?

— Je sais du moins quel fut son successeur.

— Comment savez-vous cela ?

— Par une pièce de monnaie, à la date de 1610, qui représentait le roi Henri IV ; par une pièce de monnaie à la date de 1612, qui représentait le roi Louis XIII. Je présumai, puisqu'il n'y avait que deux ans entre les deux pièces, que Louis XIII devait être le successeur de Henri IV.

— Alors, dit Aramis, vous savez que le dernier roi régnant était Louis XIII ?

— Je le sais, dit le jeune homme en rougissant légèrement.

— Eh bien ! ce fut un prince plein de bonnes idées, plein de grands projets, projets toujours ajournés par le malheur des temps et par les luttes qu'eut à soutenir contre la seigneurie de France son ministre Richelieu. Lui, personnellement (je parle du roi Louis XIII), était faible de caractère. Il mourut jeune encore et tristement.

— Je sais cela.

— Il avait été longtemps préoccupé du soin de sa postérité. C'est un soin douloureux pour les princes, qui ont besoin de laisser sur la terre plus qu'un souvenir, pour que leur pensée se poursuive, pour que leur œuvre continue.

— Le roi Louis XIII est-il mort sans enfants ? demanda en souriant le prisonnier.

— Non, mais il fut privé longtemps du bonheur

d'en avoir ; non, mais longtemps il crut qu'il mourrait tout entier. Et cette pensée l'avait réduit à un profond désespoir, quand tout à coup sa femme, Anne d'Autriche...

Le prisonnier tressaillit.

— Saviez-vous, continua Aramis, que la femme de Louis XIII s'appelât Anne d'Autriche ?

— Continuez, dit le jeune homme sans répondre.

— Quand tout à coup, reprit Aramis, la reine Anne d'Autriche annonça qu'elle était enceinte. La joie fut grande à cette nouvelle, et tous les vœux tendirent à une heureuse délivrance. Enfin, le 5 septembre 1638, elle accoucha d'un fils.

Ici Aramis regarda son interlocuteur, et crut s'apercevoir qu'il pâlissait.

— Vous allez entendre, dit Aramis, un récit que peu de gens sont en état de faire à l'heure qu'il est ; car ce récit est un secret que l'on croit mort avec les morts, ou enseveli dans l'abîme de la confession.

— Et vous allez me dire ce secret ? fit le jeune homme.

— Oh ! dit Aramis avec un accent auquel il n'y avait pas à se méprendre, ce secret, je ne crois pas l'aventurer en le confiant à un prisonnier qui n'a aucun désir de sortir de la Bastille.

— J'écoute, monsieur.

— La reine donna donc le jour à un fils. Mais quand toute la cour eut poussé des cris de joie à cette nouvelle, quand le roi eut montré le nouveau-né à son peuple, et à sa noblesse, quand il se fut gaiement mis à table pour fêter cette heureuse naissance, alors la reine, restée seule dans sa chambre, fut prise, pour la seconde fois, des douleurs de l'enfantement, et donna le jour à un second fils.

— Oh ! dit le prisonnier trahissant une instruction plus grande que celle qu'il avouait, je croyais que Monsieur n'était né qu'en...

Aramis leva le doigt.

— Attendez que je continue, dit-il.

Le prisonnier poussa un soupir impatient, et attendit.

— Oui, dit Aramis, la reine eut un second fils, un second fils que dame Perronnette, la sage-femme, reçut dans ses bras.

— Dame Perronnette ! murmura le jeune homme.

— On courut aussitôt à la salle où le roi dînait ; on le prévint tout bas de ce qui arrivait ; il se leva de table et accourut. Mais, cette fois, ce n'était plus la gaieté qu'exprimait son visage, c'était un sentiment qui ressemblait à de la terreur. Deux fils jumeaux changeaient en amertume la joie que lui avait causée la naissance d'un seul, attendu que (ce que je vais vous dire, vous l'ignorez certainement), attendu qu'en France c'est l'aîné des fils qui règne après le père.

— Je sais cela.

— Et que les médecins et les jurisconsultes prétendent qu'il y a lieu de douter si le fils qui sort le premier du sein de sa mère est l'aîné de par la loi de Dieu et de la nature.

Le prisonnier poussa un cri étouffé, et devint plus blanc que le drap sous lequel il se cachait.

— Vous comprenez maintenant, poursuivit Aramis, que le roi, qui s'était vu avec tant de joie continuer dans un héritier, dut être au désespoir en songeant que maintenant il en avait deux, et que, peut-être, celui qui venait de naître et qui était inconnu, contesterait le droit d'aînesse à l'autre qui était né deux heures auparavant, et qui, deux heures auparavant, avait été reconnu. Ainsi, ce second fils, s'armant des intérêts ou des caprices d'un parti, pouvait, un jour, semer dans le royaume la discorde et la guerre, détruisant, par cela même, la dynastie qu'il eût dû consolider.

— Oh ! je comprends, je comprends !... murmura le jeune homme.

— Eh bien ! continua Aramis, voilà ce qu'on

rapporte, voilà ce qu'on assure, voilà pourquoi un des deux fils d'Anne d'Autriche, indignement séparé de son frère, indignement séquestré, réduit à l'obscurité la plus profonde, voilà pourquoi ce second fils a disparu, et si bien disparu, que nul en France ne sait aujourd'hui qu'il existe, excepté sa mère.

— Oui, sa mère, qui l'a abandonné ! s'écria le prisonnier avec l'expression du désespoir.

— Excepté, continua Aramis, cette dame à la robe noire et aux rubans de feu, et enfin excepté...

— Excepté vous, n'est-ce pas ? Vous qui venez me conter tout cela, vous qui venez éveiller en mon âme la curiosité, la haine, l'ambition, et, qui sait ? peut-être, la soif de la vengeance ; excepté vous, monsieur, qui, si vous êtes l'homme que j'attends, l'homme que me promet le billet, l'homme enfin que Dieu doit m'envoyer, devez avoir sur vous...

— Quoi ? demanda Aramis.

— Un portrait du roi Louis XIV, qui règne en ce moment sur le trône de France.

— Voici le portrait, répliqua l'évêque en donnant au prisonnier un émail des plus exquis, sur lequel Louis XIV apparaissait fier, beau, et vivant pour ainsi dire.

Le prisonnier saisit avidement le portrait, et fixa ses yeux sur lui comme s'il eût voulu le dévorer.

— Et maintenant, monseigneur, dit Aramis, voici un miroir.

Aramis laissa le temps au prisonnier de renouer ses idées.

— Si haut ! si haut ! murmura le jeune homme en dévorant du regard le portrait de Louis XIV et son image à lui-même réfléchie dans le miroir.

— Qu'en pensez-vous ? dit alors Aramis.

— Je pense que je suis perdu, répondit le captif, que le roi ne me pardonnera jamais.

— Et moi, je me demande, ajouta l'évêque en attachant sur le prisonnier un regard brillant de signification, je me demande lequel des deux est le roi, de celui que représente ce portrait, ou de celui que reflète cette glace.

— Le roi, monsieur, est celui qui est sur le trône, répliqua tristement le jeune homme, c'est celui qui n'est pas en prison, et qui, au contraire, y fait mettre les autres. La royauté, c'est la puissance, et vous voyez bien que je suis impuissant.

— Monseigneur, répondit Aramis avec un respect qu'il n'avait pas encore témoigné, le roi, prenez-y bien garde, sera, si vous le voulez, celui qui, sortant de prison, saura se tenir sur le trône où des amis le placeront.

— Monsieur, ne me tentez point, fit le prisonnier avec amertume.

— Monseigneur, ne faiblissez pas, persista Aramis avec vigueur. J'ai apporté toutes les preuves de votre naissance ; consultez-les, prouvez-vous à vous-même que vous êtes un fils de roi, et, après, agissons.

— Non, non, c'est impossible.

— À moins, reprit ironiquement l'évêque, qu'il ne soit dans la destinée de votre race que les frères exclus du trône soient tous des princes sans valeur et sans honneur, comme M. Gaston d'Orléans, votre oncle, qui, dix fois, conspira contre le roi Louis XIII, son frère.

— Mon oncle Gaston d'Orléans conspira contre son frère ? s'écria le prince épouvanté ; il conspira pour le détrôner ?

— Mais oui, monseigneur, pas pour autre chose.

— Que me dites-vous là, monsieur ?

— La vérité.

— Et il eut des amis... dévoués ?

— Comme moi pour vous.

— Eh bien ! que fit-il ? il échoua ?

— Il échoua, mais toujours par sa faute, et, pour racheter, non pas sa vie, car la vie du frère du roi est sacrée, inviolable, mais pour racheter sa liberté, votre oncle sacrifia la vie de tous ses amis les uns après les autres. Aussi est-il aujourd'hui la honte de l'histoire et l'exécration de cent nobles familles de ce royaume.

— Je comprends, monsieur, fit le prince, et c'est par faiblesse ou par trahison que mon oncle tua ses amis ?

— Par faiblesse : ce qui est toujours une trahison chez les princes.

— Ne peut-on pas échouer aussi par ignorance, par incapacité ? Croyez-vous bien qu'il soit possible à un pauvre captif tel que moi, élevé non seulement loin de la cour, mais encore loin du monde, croyez-vous qu'il lui soit possible d'aider ceux de ces amis qui tenteraient de le servir ?

Et comme Aramis allait répondre, le jeune homme s'écria tout à coup avec une violence qui décelait la force du sang :

— Nous parlons ici d'amis, mais par quel hasard aurais-je des amis, moi que personne ne connaît, et qui n'ai pour m'en faire ni liberté, ni argent, ni puissance ?

— Il me semble que j'ai eu l'honneur de m'offrir à Votre Altesse Royale.

— Oh ! ne m'appelez pas ainsi, monsieur ; c'est une dérision ou une barbarie. Ne me faites pas songer à autre chose qu'aux murs de la prison qui m'enferme, laissez-moi aimer encore, ou, du moins, subir mon esclavage et mon obscurité.

— Monseigneur ! monseigneur ! Si vous me répétez encore ces paroles découragées ! si, après avoir eu la preuve de votre naissance, vous demeurez pauvre d'esprit, de souffle et de volonté, j'accepterai votre vœu, je disparaîtrai, je renoncerai à servir ce maître, à qui, si ardemment, je venais dévouer ma vie et mon aide.

— Monsieur, s'écria le prince, avant de me dire tout ce que vous dites, n'eût-il pas mieux valu réfléchir que vous m'avez à jamais brisé le cœur ?

— Ainsi ai-je voulu faire, monseigneur.

— Monsieur, pour me parler de grandeur, de puissance, de royauté même, est-ce que vous devriez choisir une prison ? Vous voulez me faire croire à la splendeur, et nous nous cachons dans la nuit ? Vous me vantez la gloire, et nous étouffons nos paroles sous les rideaux de ce grabat ? Vous me faites entrevoir une toute-puissance, et j'entends les pas du geôlier dans ce corridor, ce pas qui vous fait trembler plus que moi ? Pour me rendre un peu moins incrédule, tirez-moi donc de la Bastille, donnez de l'air à mes poumons, des éperons à mon pied, une épée à mon bras, et nous commencerons à nous entendre.

— C'est bien mon intention de vous donner tout

cela, et plus que cela, monseigneur. Seulement, le voulez-vous ?

— Écoutez encore, monsieur, interrompit le prince. Je sais qu'il y a des gardes à chaque galerie, des verrous à chaque porte, des canons et des soldats à chaque barrière. Avec quoi vaincrez-vous les gardes, enclouerez-vous les canons ? Avec quoi briserez-vous les verrous et les barrières ?

— Monseigneur, comment vous est venu ce billet que vous avez lu et qui annonçait ma venue ?

— On corrompt un geôlier pour un billet.

— Si l'on corrompt un geôlier, on peut en corrompre dix.

— Eh bien ! j'admets que ce soit possible de tirer un pauvre captif de la Bastille, possible de le bien cacher pour que les gens du roi ne le rattrapent point, possible encore de nourrir convenablement ce malheureux dans un asile inconnu.

— Monseigneur ! fit en souriant Aramis.

— J'admets que celui qui ferait cela pour moi serait déjà plus qu'un homme, mais puisque vous dites que je suis un prince, un frère de roi, comment me rendrez-vous le rang et la force que ma mère et mon frère m'ont enlevés ? Mais, puisque je dois passer une vie de combats et de haines, comment me ferez-vous vainqueur dans ces combats et invulnérable à mes ennemis ? Ah ! monsieur, songez-y !

jetez-moi demain dans quelque noire caverne, au fond d'une montagne ! faites-moi cette joie d'entendre en liberté les bruits du fleuve et de la plaine, de voir en liberté le soleil d'azur ou le ciel orageux, c'en est assez ! Ne me promettez pas davantage, car, en vérité, vous ne pouvez me donner davantage, et ce serait un crime de me tromper, puisque vous vous dites mon ami.

Aramis continua d'écouter en silence.

— Monseigneur, reprit-il après avoir un moment réfléchi, j'admire ce sens si droit et si ferme qui dicte vos paroles ; je suis heureux d'avoir deviné mon roi.

— Encore ! encore !... Ah ! par pitié, s'écria le prince en comprimant de ses mains glacées son front couvert d'une sueur brûlante, n'abusez pas de moi : je n'ai pas besoin d'être un roi, monsieur, pour être le plus heureux des hommes.

— Et moi, monseigneur, j'ai besoin que vous soyez un roi pour le bonheur de l'humanité.

— Ah ! fit le prince avec une nouvelle défiance inspirée par ce mot, ah ! qu'a donc l'humanité à reprocher à mon frère ?

— J'oubliais de dire, monseigneur, que, si vous daignez vous laisser guider par moi, et si vous consentez à devenir le plus puissant prince de la terre, vous aurez servi les intérêts de tous les amis que je voue au succès de notre cause, et ces amis sont nombreux.

— Nombreux ?

— Encore moins que puissants, monseigneur.

— Expliquez-vous.

— Impossible ! Je m'expliquerai, je le jure devant Dieu qui m'entend, le propre jour où je vous verrai assis sur le trône de France.

— Mais mon frère ?

— Vous ordonnerez de son sort. Est-ce que vous le plaignez ?

— Lui qui me laisse mourir dans un cachot ? Non, je ne le plains pas !

— À la bonne heure !

— Il pouvait venir lui-même en cette prison, me prendre la main et me dire : « Mon frère, Dieu nous a créés pour nous aimer, non pour nous combattre. Je viens à vous. Un préjugé sauvage vous condamnait à périr obscurément loin de tous les hommes, privé de toutes les joies. Je veux vous faire asseoir près de moi ; je veux vous attacher au côté l'épée de notre père. Profiterez-vous de ce rapprochement pour m'étouffer ou me contraindre ? Userez-vous de cette épée pour verser mon sang ?...

« — Oh ! non, lui eussé-je répondu : je vous regarde comme mon sauveur, et vous respecterai comme mon maître. Vous me donnez bien plus que ne m'avait donné Dieu. Par vous, j'ai la liberté ; par vous, j'ai le droit d'aimer et d'être aimé en ce monde. »

— Et vous eussiez tenu parole, monseigneur ?

— Oh ! sur ma vie !

— Tandis que maintenant ?...

— Tandis que, maintenant, je sens que j'ai des coupables à punir...

— De quelle façon, monseigneur ?

— Que dites-vous de cette ressemblance que Dieu m'avait donnée avec mon frère ?

— Je dis qu'il y avait dans cette ressemblance un enseignement providentiel que le roi n'eût pas dû négliger, je dis que votre mère a commis un crime en faisant différents par le bonheur et par la fortune ceux que la nature avait créés si semblables dans son sein, et je conclus, moi, que le châtiment ne doit être autre chose que l'équilibre à rétablir.

— Ce qui signifie ?...

— Que, si je vous rends votre place sur le trône de votre frère, votre frère prendra la vôtre dans votre prison.

— Hélas ! on souffre bien en prison ! surtout quand on a bu si largement à la coupe de la vie !

— Votre Altesse Royale sera toujours libre de faire ce qu'elle voudra : elle pardonnera, si bon lui semble, après avoir puni.

— Bien. Et maintenant, savez-vous une chose, monsieur ?

— Dites, mon prince.

— C'est que je n'écouterai plus rien de vous que hors de la Bastille.

— J'allais dire à Votre Altesse Royale que je n'aurai plus l'honneur de la voir qu'une fois.

— Quand cela ?

— Le jour où mon prince sortira de ces murailles noires.

— Dieu vous entende ! Comment me préviendrez-vous ?

— En venant ici vous chercher.

— Vous-même ?

— Mon prince, ne quittez cette chambre qu'avec moi, ou, si l'on vous contraint en mon absence, rappelez-vous que ce ne sera pas de ma part.

— Ainsi, pas un mot à qui que ce soit, si ce n'est à vous ?

— Si ce n'est à moi.

Aramis s'inclina profondément. Le prince lui tendit la main.

— Monsieur, dit-il avec un accent qui jaillissait du cœur, j'ai un dernier mot à vous dire. Si vous vous êtes adressé à moi pour me perdre, si vous n'avez été qu'un instrument aux mains de mes ennemis, si de notre conférence, dans laquelle vous avez sondé mon cœur, il résulte pour moi quelque chose de pire que la captivité, c'est-à-dire la mort, eh bien ! soyez béni, car vous aurez terminé mes peines et fait succéder le calme aux fiévreuses tortures dont je suis dévoré depuis huit ans.

— Monseigneur, attendez pour me juger, dit Aramis.

— J'ai dit que je vous bénissais et que je vous pardonnais. Si, au contraire, vous êtes venu pour me rendre la place que Dieu m'avait destinée au soleil de la fortune et de la gloire, si, grâce à vous, je puis vivre dans la mémoire des hommes, et faire honneur à ma race par quelques faits illustres ou quelques services rendus à mes peuples, si, du dernier rang où je languis, je m'élève au faîte des honneurs, soutenu par votre main généreuse, eh bien ! à vous que je bénis et que je remercie, à vous la moitié de ma puissance et de ma gloire ! Vous serez encore trop peu payé ; votre part sera toujours incomplète, car jamais je ne réussirai à partager avec vous tout ce bonheur que vous m'aurez donné.

— Monseigneur, dit Aramis ému de la pâleur et de l'élan du jeune homme, votre noblesse de cœur me pénètre de joie et d'admiration. Ce n'est pas à vous de me remercier, ce sera surtout aux peuples que vous rendrez heureux, à vos descendants que vous rendrez illustres. Oui, je vous aurai donné plus que la vie, je vous donnerai l'immortalité.

Le jeune homme tendit la main à Aramis : celui-ci la baisa en s'agenouillant.

— Oh ! s'écria le prince avec une modestie charmante.

— C'est le premier hommage rendu à notre roi futur, dit Aramis. Quand je vous reverrai, je dirai : « Bonjour, sire ! »

— Jusque-là, s'écria le jeune homme en appuyant ses doigts blancs et amaigris sur son cœur, jusque-là plus de rêves, plus de chocs à ma vie ; elle se briserait ! Oh ! monsieur, que ma prison est petite et que cette fenêtre est basse, que ces portes sont étroites ! Comment tant d'orgueil, tant de splendeur, tant de félicité a-t-il pu passer par là et tenir ici ?

— Votre Altesse Royale me rend fier, dit Aramis, puisqu'elle prétend que c'est moi qui ai apporté tout cela.

Il heurta aussitôt la porte.

Le geôlier vint ouvrir avec Baisemeaux, qui, dévoré d'inquiétude et de crainte, commençait à écouter malgré lui à la porte de la chambre.

Heureusement ni l'un ni l'autre des deux interlocuteurs n'avait oublié d'étouffer sa voix, même dans les plus hardis élans de la passion.

— Quelle confession ! dit le gouverneur en essayant de rire ; croirait-on jamais qu'un reclus, un homme presque mort, ait commis des péchés si nombreux et si longs ?

Aramis se tut. Il avait hâte de sortir de la Bastille, où le secret qui l'accablait doublait le poids des murailles.

Aramis a conçu un plan pour faire sortir Philippe de la Bastille. Il se rend chez Fouquet, et lui fait valoir la cause d'un malheureux prisonnier qui est enfermé à la Bastille depuis dix ans pour avoir composé deux vers latins contre les jésuites. Il demande que Fouquet obtienne une lettre de cachet remettant en liberté ce pauvre prisonnier, un certain Seldon. Aramis va alors rendre visite à Baisemeaux et le fait boire plus que de raison, tout en attendant la lettre de cachet qui devrait arriver dans la soirée. En effet, un valet l'apporte. Aramis, profitant d'un moment d'inattention de Baisemeaux, subtilise la lettre et la remplace par une autre toute semblable, où à la place de « Seldon » est écrit « Marchiali » :

— Il est impossible de mettre le prisonnier en liberté à une pareille heure. Où ira-t-il, lui qui ne connaît pas Paris ?

— Il ira où il pourra.

— Vous voyez bien, autant vaudrait délivrer un aveugle.

— J'ai un carrosse, je le conduirai là où il voudra que je le mène.

— Vous avez réponse à tout... François, qu'on dise à M. le major d'aller ouvrir la prison de M. Seldon, n° 3, Bertaudière.

— Seldon ? fit Aramis très simplement. Vous avez dit Seldon, je crois ?

— J'ai dit Seldon. C'est le nom de celui qu'on élargit.

— Oh ! vous voulez dire Marchiali, dit Aramis.

— Marchiali ? Ah bien ! oui ! Non, non, Seldon.

— Je pense que vous faites erreur, monsieur de Baisemeaux.

— J'ai lu l'ordre.

— Moi aussi.

— Et j'ai vu *Seldon* en lettres grosses comme cela.

Et M. de Baisemeaux montrait son doigt.

— Moi, j'ai lu *Marchiali* en caractères gros comme ceci.

Et Aramis montrait les deux doigts.

— Au fait, éclaircissons le cas, dit Baisemeaux, sûr de lui. Le papier est là, et il suffira de le lire.

— Je lis : *Marchiali,* reprit Aramis en déployant le papier. Tenez !

Baisemeaux regarda et ses bras fléchirent.

— Oui, oui, dit-il atterré, oui, *Marchiali*. Il y a bien écrit *Marchiali* ! c'est bien vrai !

— Ah !

— Comment ! l'homme dont nous parlons tant ? L'homme que chaque jour l'on me recommande tant ?

— Il y a *Marchiali,* répéta encore l'inflexible Aramis.

— Il faut l'avouer, monseigneur, mais je n'y comprends absolument rien.

— On en croit ses yeux, cependant.

— Ma foi, dire qu'il y a bien *Marchiali* !

— Et d'une bonne écriture, encore.

— C'est phénoménal ! Je vois encore cet ordre et le nom de Seldon, Irlandais. Je le vois. Ah ! et même, je me le rappelle, sous ce nom, il y avait un pâté d'encre.

— Non, il n'y a pas d'encre, non, il n'y a pas de pâté.

— Oh ! par exemple, si fait ! À telle enseigne que j'ai frotté la poudre qu'il y avait sur le pâté.

— Enfin, quoi qu'il en soit, cher monsieur de Baisemeaux, dit Aramis, et quoi que vous ayez vu, l'ordre est signé de délivrer Marchiali, avec ou sans pâté.

— L'ordre est signé de délivrer Marchiali, répéta

machinalement Baisemeaux, qui essayait de reprendre possession de ses esprits.

— Et vous allez délivrer ce prisonnier. Si le cœur vous dit de délivrer aussi Seldon, je vous déclare que je ne m'y opposerai pas le moins du monde.

Baisemeaux s'exécute. Aramis a réussi à faire évader Philippe. Un carrosse les emmène loin de Paris. Ils s'arrêtent dans un bois. Aramis lui expose les grands projets qu'ils peuvent réaliser ensemble, mais lui laisse le droit de décider de son destin. Le jeune homme a le choix de gouverner, comme celui d'aller vivre en liberté dans un coin reculé du pays. Philippe réfléchit et revient donner sa décision à Aramis.

— Allons, dit-il, allons où l'on trouve la couronne de France !

— C'est votre décision, mon prince ? repartit Aramis.

— C'est ma décision.

— Irrévocable ?

Philippe ne daigna pas même répondre. Il regarda résolument l'évêque, comme pour lui demander s'il était possible qu'un homme revînt jamais sur un parti pris.

— Ces regards-là sont des traits de feu qui peignent les caractères, dit Aramis en s'inclinant

sur la main de Philippe. Vous serez grand, monseigneur, je vous en réponds.

— Reprenons, s'il vous plaît, la conversation
où nous l'avons laissée. Je vous avais dit, je
crois, que je *voulais* m'entendre avec vous sur
deux points : les dangers ou les obstacles. Ce
point est décidé. L'autre, ce sont les conditions
que vous me poseriez. À votre tour de parler,
monsieur d'Herblay.

— Les conditions, mon prince ?

— Sans doute. Vous ne m'arrêterez pas en che-
min pour une bagatelle semblable, et vous ne me
ferez pas l'injure de supposer que je vous crois sans
intérêt dans cette affaire. Ainsi donc, sans détour
et sans crainte, ouvrez-moi le fond de votre pensée.

— M'y voici, monseigneur. Une fois roi...

— Quand sera-ce ?

— Ce sera demain au soir. Je veux dire dans la
nuit.

— Expliquez-moi comment.

— Quand j'aurai fait une question à Votre
Altesse Royale.

— Faites.

— J'avais envoyé à Votre Altesse un homme à
moi, chargé de lui remettre un cahier de notes
écrites finement, rédigées avec sûreté, notes qui
permettent à Votre Altesse de connaître à fond

toutes les personnes qui composent et composeront sa cour.

— J'ai lu toutes ces notes.

— Attentivement ?

— Je les sais par cœur.

— Et comprises ? Pardon, je puis demander cela au pauvre abandonné de la Bastille. Il va sans dire que, dans huit jours, je n'aurai plus rien à demander à un esprit comme le vôtre, jouissant de sa liberté dans sa toute-puissance.

— Interrogez-moi, alors : je veux être l'écolier à qui le savant maître fait répéter la leçon convenue.

— Sur votre famille, d'abord, monseigneur.

— Ma mère, Anne d'Autriche ? tous ses chagrins, sa triste maladie ? Oh ! je la connais ! je la connais !

— Votre second frère ? dit Aramis en s'inclinant.

— Vous avez joint à ces notes des portraits si merveilleusement tracés, dessinés et peints, que j'ai, par ces peintures, reconnu les gens dont vos notes me désignaient le caractère, les mœurs et l'histoire. Monsieur mon frère est un beau brun, le visage pâle ; il n'aime pas sa femme Henriette, que moi, moi Louis XIV, j'ai un peu aimée, que j'aime encore coquettement, bien qu'elle m'ait tant fait pleurer le jour où elle voulait chasser Mlle de La Vallière.

— Vous prendrez garde aux yeux de celle-ci, dit Aramis. Elle aime sincèrement le roi actuel. On trompe difficilement les yeux d'une femme qui aime.

— Elle est blonde, elle a des yeux bleus dont la tendresse me révélera son identité. Elle boite un peu, elle écrit chaque jour une lettre à laquelle je fais répondre par M. de Saint-Aignan.

— Celui-là, vous le connaissez ?

— Comme si je le voyais, et je sais les derniers vers qu'il m'a faits, comme ceux que j'ai composés en réponse aux siens.

— Très bien. Vos ministres, les connaissez-vous ?

— Colbert, une figure laide et sombre, mais intelligente, cheveux couvrant le front, grosse tête, lourde, pleine : ennemi mortel de M. Fouquet.

— Quant à celui-là, ne nous en inquiétons pas.

— Non, parce que, nécessairement, vous me demanderez de l'exiler, n'est-ce pas ?

Aramis, pénétré d'admiration, se contenta de dire :

— Vous serez très grand, monseigneur.

— Vous voyez, ajouta le prince, que je sais ma leçon à merveille, et, Dieu aidant, vous ensuite, je ne me tromperai guère.

— Vous avez encore une paire d'yeux bien gênants, monseigneur.

— Oui, le capitaine des mousquetaires, M. d'Artagnan, votre ami.

— Mon ami, je dois le dire.

— Celui qui a escorté La Vallière à Chaillot, celui qui a livré Monck dans un coffre au roi Charles II, celui qui a si bien servi ma mère, celui à qui la couronne de France doit tant qu'elle lui doit tout. Est-ce que vous me demanderez aussi de l'exiler, celui-là ?

— Jamais, sire. D'Artagnan est un homme à qui, dans un moment donné, je me charge de tout dire ; mais défiez-vous, car, s'il nous dépiste avant cette révélation, vous ou moi, nous serons pris ou tués. C'est un homme de main.

— J'aviserai. Parlez-moi de M. Fouquet. Qu'en voulez-vous faire ?

— Un moment encore, je vous en prie, monseigneur. Pardon, si je parais manquer de respect en vous questionnant toujours.

— C'est votre devoir de le faire, et c'est encore votre droit.

— Avant de passer à M. Fouquet, j'aurais un scrupule d'oublier un autre ami à moi.

— M. du Vallon, l'Hercule de la France. Quant à celui-là, sa fortune est assurée.

— Non, ce n'est pas de lui que je voulais parler.

— Du comte de La Fère[1], alors ?

— Et de son fils, notre fils à tous quatre.

— Ce garçon qui se meurt d'amour pour La Vallière, à qui mon frère l'a prise déloyalement ! Soyez tranquille, je saurai la lui faire recouvrer. Dites-moi une chose, monsieur d'Herblay : oublie-t-on les injures quand on aime ? pardonne-t-on à la femme qui a trahi ? Est-ce un des usages de l'esprit français ? est-ce une des lois du cœur humain ?

— Un homme qui aime profondément, comme aime Raoul de Bragelonne, finit par oublier le crime de sa maîtresse ; mais je ne sais si Raoul oubliera.

— J'y pourvoirai. Est-ce tout ce que vous vouliez me dire sur votre ami ?

— C'est tout.

— À M. Fouquet, maintenant. Que comptez-vous que j'en ferai ?

— Le surintendant, comme par le passé, je vous en prie.

— Soit ! mais il est aujourd'hui premier ministre.

— Pas tout à fait.

— Il faudra bien un premier ministre à un roi ignorant et embarrassé comme je le serai.

---

1. Athos est le nom de guerre du comte de La Fère. Raoul de Bragelonne, vicomte de Bragelonne, est le fils d'Athos.

— Il faudra un ami à Votre Majesté ?

— Je n'en ai qu'un, c'est vous.

— Vous en aurez d'autres plus tard : jamais d'aussi dévoué, jamais d'aussi zélé pour votre gloire.

— Vous serez mon premier ministre.

— Pas tout de suite, monseigneur. Cela donnerait trop d'ombrage et d'étonnement.

— M. de Richelieu, premier ministre de ma grand-mère Marie de Médicis, n'était qu'évêque de Luçon, comme vous êtes évêque de Vannes.

— Je vois que Votre Altesse Royale a bien profité de mes notes. Cette miraculeuse perspicacité me comble de joie.

— Je sais bien que M. de Richelieu, par la protection de la reine, est devenu bientôt cardinal.

— Il vaudra mieux, dit Aramis en s'inclinant, que je ne sois premier ministre qu'après que Votre Altesse Royale m'aura fait nommer cardinal.

— Vous le serez avant deux mois, monsieur d'Herblay. Mais voilà bien peu de chose. Vous ne m'offenseriez pas en me demandant davantage, et vous m'affligeriez en vous en tenant là.

— Aussi ai-je quelque chose à espérer de plus, monseigneur.

— Dites, dites !

— M. Fouquet ne gardera pas toujours les

affaires, il vieillira vite. Il aime le plaisir, compatible aujourd'hui avec son travail, grâce au reste de jeunesse dont il jouit ; mais cette jeunesse tient au premier chagrin ou à la première maladie qu'il rencontrera. Nous lui épargnerons le chagrin, parce qu'il est galant homme et noble cœur. Nous ne pourrons lui sauver la maladie. Ainsi, c'est jugé. Quand vous aurez payé toutes les dettes de M. Fouquet, remis les finances en état, M. Fouquet pourra demeurer roi dans sa cour de poètes et de peintres ; nous l'aurons fait riche. Alors, devenu premier ministre de Votre Altesse Royale, je pourrai songer à mes intérêts et aux vôtres.

Le jeune homme regarda son interlocuteur.

— M. de Richelieu, dont nous parlions, dit Aramis, a eu le tort très grand de s'attacher à gouverner seulement la France. Il a laissé deux rois, le roi Louis XIII et lui, trôner sur le même trône, tandis qu'il pouvait les installer plus commodément sur deux trônes différents.

— Sur deux trônes ? dit le jeune homme en rêvant.

— En effet, poursuivit Aramis tranquillement : un cardinal premier ministre de France, aidé de la faveur et de l'appui du roi Très Chrétien, un cardinal à qui le roi son maître prête ses trésors, son armée, son conseil, cet homme-là ferait un double emploi fâcheux en appliquant ses ressources à la seule France. Vous, d'ailleurs, ajouta Aramis en plongeant jusqu'au fond des yeux de Philippe, vous ne serez pas un roi comme votre père, délicat, lent et fatigué de tout ; vous serez un roi de tête et d'épée ; vous n'aurez pas assez de vos États : je vous y gênerais. Or, jamais notre amitié ne doit être, je ne dis pas altérée, mais même effleurée par une pensée secrète. Je vous aurai donné le trône de France, vous me donnerez le trône de saint Pierre. Quand votre main loyale, ferme et armée aura pour main jumelle la main d'un pape tel que je le serai, ni Charles Quint, qui a possédé les deux tiers du monde, ni Charlemagne, qui le posséda entier, ne viendront à la hauteur de votre ceinture. Je n'ai pas d'alliance, moi, je n'ai pas de préjugés, je ne vous jette pas dans la persécution des hérétiques, je ne vous jetterai pas dans les guerres de famille ; je dirai : « À nous deux l'univers ; à moi pour les âmes, à vous pour les corps. » Et, comme je mourrai le premier, vous aurez mon héritage. Que dites-vous de mon plan, monseigneur ?

— Je dis que vous me rendez heureux et fier, rien que de vous avoir compris, monsieur d'Herblay, vous serez cardinal ; cardinal, vous serez mon premier ministre. Et puis vous m'indiquerez ce qu'il faut faire pour qu'on vous élise pape ; je le ferai. Demandez-moi des garanties.

— C'est inutile. Je n'agirai jamais qu'en vous faisant gagner quelque chose ; je ne monterai jamais sans vous avoir hissé sur l'échelon supérieur ; je me tiendrai toujours assez loin de vous pour échapper à votre jalousie, assez près pour maintenir votre profit et surveiller votre amitié. Tous les contrats en ce monde se rompent, parce que l'intérêt qu'ils renferment tend à pencher d'un seul côté. Jamais entre nous il n'en sera de même ; je n'ai pas besoin de garanties.

— Ainsi... mon frère... disparaîtra ?...

— Simplement. Nous l'enlèverons de son lit par le moyen d'un plancher qui cède à la pression du doigt. Endormi sous la couronne, il se réveillera dans la captivité. Seul, vous commanderez à partir de ce moment, et vous n'aurez pas d'intérêt plus cher que celui de me conserver près de vous.

— C'est vrai ! Voici ma main, monsieur d'Herblay.

— Permettez-moi de m'agenouiller devant vous, sire, bien respectueusement. Nous nous embrasserons le jour où tous deux nous aurons au front, vous la couronne, moi la tiare.

— Embrassez-moi aujourd'hui même, et soyez

plus que grand, plus qu'habile, plus que sublime génie : soyez bon pour moi, soyez mon père !

Aramis faillit s'attendrir en l'écoutant parler. Il crut sentir dans son cœur un mouvement jusqu'alors inconnu ; mais cette impression s'effaça bien vite.

« Son père ! pensa-t-il. Oui, Saint-Père ! »

Et ils reprirent place dans le carrosse, qui courut rapidement sur la route de Vaux-le-Vicomte.

Aramis a donné dix millions pour la fête de Fouquet à Vaux. En échange, il lui revient de diriger l'intendance de la fête. Il a placé ainsi sa chambre au-dessus de celle de Louis XIV : son parquet est un double plafond qui permet de voir dans la chambre du roi, La veille de la fête, Aramis et Philippe s'installent à leur poste d'observation. Ils ont fait glisser le parquet et assistent, par une de ses fentes, au coucher du roi. Le lendemain, après les cérémonies de la fête, chacun rejoint ses appartements. De son côté, Colbert a tramé une ruse diabolique contre Fouquet, faisant croire au roi que le surintendant lui a volé sa maîtresse. Désespéré, furieux et déterminé à faire arrêter Fouquet le lendemain même, le roi finit par s'endormir.

Le dieu Morphée, qui régnait en souverain dans cette chambre à laquelle il avait donné son nom, et vers lequel Louis tournait ses yeux appesantis par la colère et rougis par les larmes, le dieu Morphée versait sur lui les pavots dont ses mains étaient pleines, de sorte que le roi ferma doucement ses yeux et s'endormit.

Alors il lui sembla, comme il arrive dans le premier sommeil, si doux et si léger, qui élève le corps au-dessus de la couche, l'âme au-dessus de la terre, il lui sembla que le dieu Morphée, peint sur le plafond, le regardait avec des yeux tout humains ; que quelque chose brillait et s'agitait dans le dôme ; que les essaims de songes sinistres, un instant déplacés, laissaient à découvert un visage d'homme, la main appuyée sur sa bouche, et dans l'attitude d'une méditation contemplative. Et, chose étrange, cet homme ressemblait tellement au roi, que Louis croyait voir son propre visage réfléchi dans un miroir. Seulement, ce visage était attristé par un sentiment de profonde pitié.

Puis il lui sembla, peu à peu, que le dôme fuyait, échappant à sa vue, et que les figures et les attributs peints par Le Brun s'obscurcissaient dans un éloignement progressif. Un mouvement doux, égal, cadencé, comme celui d'un vaisseau qui plonge sous la vague, avait succédé à l'immobilité du lit. Le roi faisait un rêve sans doute, et, dans ce rêve, la couronne d'or qui attachait les rideaux s'éloignait comme le dôme auquel elle restait suspendue, de sorte que le génie ailé, qui, des deux mains, soutenait cette couronne, semblait appeler vainement le roi, qui disparaissait loin d'elle.

Le lit s'enfonçait toujours. Louis, les yeux ouverts, se laissait décevoir par cette cruelle hallucination. Enfin, la lumière de la chambre royale allant s'obscurcissant, quelque chose de froid, de sombre, d'inexplicable envahit l'air. Plus de peintures, plus d'or, plus de rideaux de velours, mais des murs d'un gris terne, dont l'ombre s'épaississait de plus en plus. Et cependant le lit descendait toujours, et, après une minute, qui parut un siècle au roi, il atteignit une couche d'air noire et glacée. Là, il s'arrêta.

Le roi ne voyait plus la lumière de sa chambre que comme, du fond d'un puits, on voit la lumière du jour.

« Je fais un affreux rêve ! pensa-t-il. Il est temps de me réveiller. Allons, réveillons-nous ! »

Tout le monde a éprouvé ce que nous disons là ; il n'est personne qui, au milieu d'un cauchemar étouffant, ne se soit dit, à l'aide de cette lampe qui veille au fond du cerveau quand toute lumière humaine est éteinte, il n'est personne qui ne se soit dit : « Ce n'est rien, je rêve ! »

C'était ce que venait de se dire Louis XIV ; mais à ce mot : « Réveillons-nous ! » il s'aperçut que non seulement il était éveillé, mais encore qu'il avait les yeux ouverts. Alors il les jeta autour de lui.

À sa droite et à sa gauche se tenaient deux hommes armés, enveloppés chacun dans un vaste manteau, et le visage couvert d'un masque.

L'un de ces hommes tenait à la main une petite lampe dont la lueur rouge éclairait le plus triste tableau qu'un roi pût envisager.

Louis se dit que son rêve continuait, et que, pour le faire cesser, il suffisait de remuer les bras ou de faire entendre sa voix. Il sauta à bas du lit, et se trouva sur un sol humide. Alors, s'adressant à celui des deux hommes qui tenait la lampe :

— Qu'est cela, monsieur, dit-il, et d'où vient cette plaisanterie ?

— Ce n'est point une plaisanterie, répondit d'une voix sourde celui des deux hommes masqués qui tenait la lanterne.

— Êtes-vous à M. Fouquet ? demanda le roi un peu interdit.

— Peu importe à qui nous appartenons ! dit le fantôme. Nous sommes vos maîtres, voilà tout.

Le roi, plus impatient qu'intimidé, se tourna vers le second masque.

— Si c'est une comédie, fit-il, vous direz à M. Fouquet que je la trouve inconvenante, et j'ordonne qu'elle cesse.

Ce second masque, auquel s'adressait le roi, était un homme de très haute taille et d'une vaste circonférence.

Il se tenait droit et immobile comme un bloc de marbre.

— Eh bien ! ajouta le roi en frappant du pied, vous ne me répondez pas ?

— Nous ne vous répondons pas, mon petit monsieur, fit le géant d'une voix de stentor, parce qu'il n'y a rien à vous répondre, sinon que vous êtes le premier fâcheux, et que M. Coquelin de Volière vous a oublié dans le nombre des siens.

— Mais, enfin, que me veut-on ? s'écria Louis en se croisant les bras avec colère.

— Vous le saurez plus tard, répondit le porte-lampe.

— En attendant, où suis-je ?

— Regardez !

Louis regarda effectivement ; mais, à la lueur de la lampe que soulevait l'homme masqué, il n'aperçut que des murs humides, sur lesquels brillait çà et là le sillage argenté des limaces.

— Oh ! oh ! un cachot ? fit le roi.

— Non, un souterrain.

— Qui mène ?...

— Veuillez nous suivre.

— Je ne bougerai pas d'ici, s'écria le roi.

— Si vous faites le mutin, mon jeune ami, répondit le plus robuste des deux hommes, je vous enlèverai, je vous roulerai dans un manteau, et, si vous y étouffez, ma foi ! ce sera tant pis pour vous.

Et, en disant ces mots, celui qui les disait tira, de dessous ce manteau dont il menaçait le roi, une main que Milon de Crotone eût bien voulu posséder le jour où lui vint cette malheureuse idée de fendre son dernier chêne.

Le roi eut horreur d'une violence, car il comprenait que ces deux hommes, au pouvoir desquels il se trouvait, ne s'étaient point avancés jusque-là pour reculer, et, par conséquent, pousseraient la chose jusqu'au bout. Il secoua la tête.

— Il paraît que je suis tombé aux mains de deux assassins, dit-il. Marchons !

Aucun des deux hommes ne répondit à cette parole. Celui qui tenait la lampe marcha le premier ; le roi le suivit ; le second masque vint ensuite. On traversa ainsi une galerie longue et sinueuse, diaprée d'autant d'escaliers qu'on en trouve dans les mystérieux et sombres palais d'Anne Radcliff. Tous ces détours, pendant lesquels le roi entendit plusieurs fois des bruits d'eau sur sa tête, aboutirent enfin à un long corridor fermé par une porte de fer. L'homme à la lampe ouvrit cette porte avec des clefs qu'il portait à sa ceinture, où, pendant toute la route, le roi les avait entendues résonner.

Quand cette porte s'ouvrit et donna passage à l'air, Louis reconnut ces senteurs embaumées qui s'exhalent des arbres après les journées chaudes de l'été. Un instant, il s'arrêta hésitant, mais le robuste gardien qui le suivait le poussa hors du souterrain.

— Encore une fois, dit le roi en se retournant vers celui qui venait de se livrer à cet acte audacieux de toucher son souverain, que voulez-vous faire du roi de France ?

— Tâchez d'oublier ce mot-là, répondit l'homme à la lampe, d'un ton qui n'admettait pas plus de réplique que les fameux arrêts de Minos.

— Vous devriez être roué pour le mot que vous venez de prononcer, ajouta le géant en éteignant la lumière que lui passait son compagnon, mais le roi est trop humain.

Louis, à cette menace, fit un mouvement si brusque, que l'on put croire qu'il voulait fuir, mais la main du géant s'appuya sur son épaule et le fixa à sa place.

— Mais, enfin, où allons-nous ? dit le roi.

— Venez, répondit le premier des deux hommes avec une sorte de respect, et en conduisant son prisonnier vers un carrosse qui semblait attendre.

Ce carrosse était entièrement caché dans les feuillages. Deux chevaux, ayant des entraves aux jambes, étaient attachés, par un licol, aux branches basses d'un grand chêne.

— Montez, dit le même homme en ouvrant la portière du carrosse et en abaissant le marchepied.

Le roi obéit, s'assit au fond de la voiture, dont la portière matelassée et à serrure se ferma à l'instant même sur lui et sur son conducteur. Quant au géant, il coupa les entraves et les liens des chevaux, les attela lui-même et monta sur le siège, qui n'était pas occupé. Aussitôt le carrosse partit au grand trot, gagna la route de Paris, et, dans la forêt de Sénart, trouva un relais attaché à des arbres comme les premiers chevaux. L'homme du siège changea d'attelage et continua rapidement sa route vers Paris, où il entra vers trois heures du matin. Le carrosse suivit le faubourg Saint-Antoine, et, après avoir crié à la sentinelle : « Ordre du roi ! » le cocher guida les chevaux dans l'enceinte circulaire de la Bastille, aboutissant à la cour du Gouvernement. Là, les chevaux s'arrêtèrent fumants aux degrés du perron.

Louis XIV est conduit à la Bastille. Aramis fait croire au gouverneur Baisemeaux qu'il y a eu erreur sur le prisonnier et que ce Marchiali qu'on a libéré devait rester en prison. C'est, explique-t-il, Seldon qui aurait dû sortir. Aramis s'excuse de sa prétendue erreur et remet à Baisemeaux le faux Marchiali (Louis XIV) avec un nouvel ordre du roi – il s'agit, bien entendu, du véritable ordre, celui qu'il avait subtilisé afin de libérer Marchiali. Aramis invente que le prisonnier Marchiali a été pris de folie une fois hors de la Bastille et qu'il raconte partout qu'il est le roi. ! Baisemeaux a ordre de ne le laisser communiquer avec personne. Il prétend que le roi, rendu furieux par cette « folie » du prisonnier, punira par la mort ceux qui communiqueront avec lui. Baisemeaux conduit donc le prisonnier – Louis XIV – dans sa cellule. Le désespoir du roi est immense. Il hurle et cogne sans répit... Il est persuadé d'avoir été joué par Fouquet, qui a organisé son enlèvement pour régner à sa place. Il ignore évidemment tout à propos de son jumeau. Pendant ce temps, Philippe prend la place de son frère.

Le jeune prince descendit de chez Aramis comme le roi était descendu de la chambre de Morphée. Le dôme s'abaissa lentement sous la pression de M. d'Herblay, et Philippe se trouva devant le lit royal, qui était remonté après avoir déposé son prisonnier dans les profondeurs des souterrains.

Seul en présence de ce luxe, seul devant toute sa puissance, seul devant le rôle qu'il allait être forcé de jouer, Philippe sentit pour la première fois son âme s'ouvrir à ces mille émotions qui sont les battements vitaux d'un cœur de roi.

Mais la pâleur le prit quand il considéra ce lit vide et encore froissé par le corps de son frère.

Ce muet complice était revenu après avoir servi à la consommation de l'œuvre. Il revenait avec la trace du crime, il parlait au coupable le langage franc et brutal que le complice ne craint jamais d'employer avec son complice. Il disait la vérité.

Philippe, en se baissant pour mieux voir, aperçut le mouchoir encore humide de la sueur froide qui avait ruisselé du front de Louis XIV. Cette sueur épouvanta Philippe comme le sang d'Abel épouvanta Caïn.

— Me voilà face à face avec mon destin, dit Philippe, l'œil en feu, le visage livide. Sera-t-il plus effrayant que ma captivité ne fut douloureuse ? Forcé de suivre à chaque instant les usurpations de la pensée, songerai-je toujours à écouter les scrupules de mon cœur ?... Eh bien ! oui ! le roi a reposé sur ce lit ; oui, c'est bien sa tête qui a creusé ce pli dans l'oreiller, c'est bien l'amertume de ses larmes qui a amolli ce mouchoir, et j'hésite à me coucher sur ce lit, à serrer de ma main ce mouchoir brodé des armes et du chiffre du roi !... Allons, imitons M. d'Herblay, qui veut que l'action soit toujours d'un degré au-dessus de la pensée ; imitons M. d'Herblay, qui songe toujours à lui et qui s'appelle honnête homme quand il n'a mécontenté ou trahi que ses ennemis. Ce lit, je l'aurais occupé si Louis XIV ne m'en eût frustré par le crime de notre mère. Ce mouchoir brodé aux armes de France, c'est à moi qu'il appartiendrait de m'en servir, si, comme le fait observer M. d'Herblay, j'avais été laissé à ma place dans le berceau royal. Philippe, fils de France, remonte sur ton lit ! Philippe, seul roi de France, reprends ton blason ! Philippe, seul héritier présomptif de Louis XIII, ton père, sois sans pitié pour l'usurpateur, qui n'a pas même en ce moment le remords de tout ce que tu as souffert !

Cela dit, Philippe, malgré sa répugnance instinctive du corps, malgré les frissons et la terreur que domptait la volonté, se coucha sur le lit royal, et contraignit ses muscles à presser la couche encore tiède de Louis XIV, tandis qu'il appuyait sur son front le mouchoir humide de sueur.

Lorsque sa tête se renversa en arrière et creusa l'oreiller moelleux, Philippe aperçut au-dessus de son front la couronne de France, tenue, comme nous l'avons dit, par l'ange aux ailes d'or.

Maintenant, qu'on se représente ce royal intrus, l'œil sombre et le corps frémissant. Il ressemble au tigre égaré par une nuit d'orage, qui est venu par les roseaux, par la ravine inconnue, se coucher dans la caverne du lion absent. L'odeur féline l'a attiré, cette tiède vapeur de l'habitation ordinaire. Il a trouvé un lit d'herbes sèches, d'ossements rompus et pâteux comme une moelle ; il arrive, promène dans l'ombre son regard qui flamboie et qui voit ; il secoue ses membres ruisselants, son pelage souillé de vase, et s'accroupit lourdement, son large museau sur ses pattes énormes, prêt au sommeil, mais aussi prêt au combat. De temps en temps, l'éclair qui brille et miroite dans les crevasses de l'antre, le bruit des branches qui s'entrechoquent, des pierres qui crient en tombant, la vague appréhension du danger, le tirent de cette léthargie causée par la fatigue.

On peut être ambitieux de coucher dans le lit du lion, mais on ne doit pas espérer d'y dormir tranquille.

Philippe prêta l'oreille à tous les bruits, il laissa osciller son cœur au souffle de toutes les épouvantes ; mais, confiant dans sa force, doublée par l'exagération de sa résolution suprême, il attendit sans faiblesse qu'une circonstance décisive lui permît de se juger lui-même. Il espéra qu'un grand danger luirait pour lui, comme ces phosphores de la tempête qui montrent aux navigateurs la hauteur des vagues contre lesquelles ils luttent.

Mais rien ne vint. Le silence, ce mortel ennemi des cœurs inquiets, ce mortel ennemi des ambitieux, enveloppa toute la nuit, dans son épaisse vapeur, le futur roi de France, abrité sous sa couronne volée.

Vers le matin, une ombre bien plutôt qu'un corps se glissa dans la chambre royale ; Philippe l'attendait et ne s'en étonna pas.

— Eh bien ! monsieur d'Herblay ? dit-il.

— Eh bien ! sire, tout est fini.

— Comment ?

— Tout ce que nous attendions.

— Résistance ?

— Acharnée : pleurs, cris.

— Puis ?

— Puis la stupeur.

— Mais enfin ?

— Enfin, victoire complète et silence absolu.

— Le gouverneur de la Bastille se doute-t-il ?...

— De rien.

— Cette ressemblance ?

— Est la cause du succès.

— Mais le prisonnier ne peut manquer de s'expliquer, songez-y. J'ai bien pu le faire, moi qui avais à combattre un pouvoir bien autrement solide que n'est le mien.

— J'ai déjà pourvu à tout. Dans quelques jours, plus tôt peut-être, s'il est besoin, nous tirerons le captif de sa prison, et nous le dépayserons par un exil si lointain...

— On revient de l'exil, monsieur d'Herblay.

— Si loin, ai-je dit, que les forces matérielles de l'homme et la durée de sa vie ne suffiraient pas au retour.

Encore une fois, le regard du jeune roi et celui d'Aramis se croisèrent avec une froide intelligence.

Fouquet, qui a passé la nuit en compagnie de d'Artagnan, chargé de le surveiller, voit venir à lui, au matin, Aramis. Il est persuadé qu'il va être arrêté d'une seconde à l'autre. Or, Aramis vient dire à Fouquet que le roi a décidé de le libérer. Très surpris, Fouquet demande à l'évêque de Vannes la raison de ce changement d'humeur du monarque. Aramis lui doit en effet une explication, mais reste très mystérieux. Fouquet s'impatiente.

— Parlez, alors !

— Devinez.

— Vous me faites peur.

— Bah !... C'est que vous n'avez pas deviné, alors.

— Que vous a dit le roi ? Au nom de notre amitié, ne me le dissimulez pas.

— Le roi ne m'a rien dit.

— Vous me ferez mourir d'impatience, d'Herblay. Suis-je toujours surintendant ?

— Tant que vous voudrez.

— Mais quel singulier empire avez-vous pris tout à coup sur l'esprit de Sa Majesté ?

— Ah ! voilà !

— Vous le faites agir à votre gré.

— Je le crois.

— C'est invraisemblable.

— On le dira.

— D'Herblay, par notre alliance, par notre amitié, par tout ce que vous avez de plus cher au monde, parlez-moi, je vous en supplie. À quoi devez-vous d'avoir ainsi pénétré chez Louis XIV ? Il ne vous aimait pas, je le sais.

— Le roi m'aimera maintenant, dit Aramis en appuyant sur ce dernier mot.

— Vous avez eu quelque chose de particulier avec lui ?

— Oui.

— Un secret, peut-être ?

— Oui, un secret.

— Un secret de nature à changer les intérêts de Sa Majesté ?

— Vous êtes un homme réellement supérieur, monseigneur. Vous avez bien deviné. J'ai, en effet, découvert un secret de nature à changer les intérêts du roi de France.

— Ah ! dit Fouquet, avec la réserve d'un galant homme qui ne veut pas questionner.

— Et vous allez en juger, poursuivit Aramis ; vous allez me dire si je me trompe sur l'importance de ce secret.

— J'écoute, puisque vous êtes assez bon pour vous ouvrir à moi. Seulement, mon ami, remarquez que je n'ai rien sollicité d'indiscret.

Aramis se recueillit un moment.

— Ne parlez pas, s'écria Fouquet. Il est temps encore.

— Vous souvient-il, dit l'évêque, les yeux baissés, de la naissance de Louis XIV ?

— Comme d'aujourd'hui.

— Avez-vous ouï dire quelque chose de particulier sur cette naissance ?

— Rien, sinon que le roi n'était pas véritablement le fils de Louis XIII.

— Cela n'importe en rien à notre intérêt ni à

celui du royaume. Est le fils de son père, dit la loi française, celui qui a un père avoué par la loi.

— C'est vrai ; mais c'est grave, quand il s'agit de la qualité de races.

— Question secondaire. Donc, vous n'avez rien su de particulier ?

— Rien.

— Voilà où commence mon secret.

— Ah !

— La reine, au lieu d'accoucher d'un fils, accoucha de deux enfants.

Fouquet leva la tête.

— Et le second est mort ? dit-il.

— Vous allez voir. Ces deux jumeaux devaient être l'orgueil de leur mère et l'espoir de la France ; mais la faiblesse du roi, sa superstition, lui firent craindre des conflits entre deux enfants égaux en droits ; il supprima l'un des deux jumeaux.

— Supprima, dites-vous ?

— Attendez... Ces deux enfants grandirent : l'un, sur le trône, vous êtes son ministre ; l'autre, dans l'ombre et l'isolement.

— Et celui-là ?

— Est mon ami.

— Mon Dieu ! que me dites-vous là, monsieur d'Herblay. Et que fait ce pauvre prince ?

— Demandez-moi d'abord ce qu'il a fait.

— Oui, oui.

— Il a été élevé dans une campagne, puis séquestré dans une forteresse que l'on nomme la Bastille.

— Est-ce possible ! s'écria le surintendant les mains jointes.

— L'un était le plus fortuné des mortels, l'autre le plus malheureux des misérables.

— Et sa mère ignore-t-elle ?

— Anne d'Autriche sait tout.

— Et le roi ?

— Ah ! le roi ne sait rien.

— Tant mieux ! dit Fouquet.

Cette exclamation parut impressionner vivement Aramis. Il regarda d'un air soucieux son interlocuteur.

— Pardon, je vous ai interrompu, dit Fouquet.

— Je disais donc, reprit Aramis, que ce pauvre prince était le plus malheureux des hommes, quand Dieu, qui songe à toutes ses créatures, entreprit de venir à son secours.

— Oh ! comment cela ?

— Vous allez voir. Le roi régnant... Je dis le roi régnant, vous devinez bien pourquoi.

— Non... Pourquoi ?

— Parce que tous deux, bénéficiant légitimement de leur naissance, eussent dû être rois. Est-ce votre avis ?

— C'est mon avis.

— Positif ?

— Positif. Les jumeaux sont un en deux corps.

— J'aime qu'un légiste de votre force et de votre autorité me donne cette consultation. Il est donc établi pour nous que tous deux avaient les mêmes droits, n'est-ce pas ?

— C'est établi... Mais, mon Dieu ! quelle aventure !

— Vous n'êtes pas au bout. Patience !

— Oh ! j'en aurai.

— Dieu voulut susciter à l'opprimé un vengeur, un soutien, si vous le préférez. Il arriva que le roi régnant, l'usurpateur... Vous êtes bien de mon avis, n'est-ce pas ? c'est de l'usurpation que la jouissance tranquille, égoïste d'un héritage dont on n'a, au plus, en droit, que la moitié.

— Usurpation est le mot.

— Je poursuis donc. Dieu voulut que l'usurpateur eût pour premier ministre un homme de talent et de grand cœur, un grand esprit, outre cela.

— C'est bien, c'est bien, s'écria Fouquet. Je comprends : vous avez compté sur moi pour vous aider à réparer le tort fait au pauvre frère de

Louis XIV ? Vous avez bien pensé : je vous aiderai. Merci, d'Herblay, merci !

— Ce n'est pas cela du tout. Vous ne me laissez pas finir, dit Aramis, impassible.

— Je me tais.

— M. Fouquet, disais-je, étant ministre du roi régnant, fut pris en aversion par le roi et fort menacé dans sa fortune, dans sa liberté, dans sa vie peut-être, par l'intrigue et la haine, trop facilement écoutées du roi. Mais Dieu permit, toujours pour le salut du prince sacrifié, que M. Fouquet eût à son tour un ami dévoué qui savait le secret d'État, et se sentait la force de mettre ce secret au jour après avoir eu la force de porter ce secret vingt ans dans son cœur.

— N'allez pas plus loin, dit Fouquet bouillant d'idées généreuses ; je vous comprends et je devine tout. Vous avez été trouver le roi quand la nouvelle de mon arrestation vous est parvenue ; vous l'avez supplié, il a refusé de vous entendre, lui aussi ; alors vous avez fait la menace du secret, la menace de la révélation, et Louis XIV, épouvanté, a dû accorder à la terreur de votre indiscrétion ce qu'il refusait à votre intercession généreuse. Je comprends, je comprends ! vous tenez le roi ; je comprends !

— Vous ne comprenez pas du tout, répondit Aramis, et voilà encore une fois que vous m'interrompez, mon ami. Et puis, permettez-moi de vous le dire, vous négligez trop la logique et vous n'usez pas assez de la mémoire.

— Comment ?

— Vous savez sur quoi j'ai appuyé au début de notre conversation ?

— Oui, la haine de Sa Majesté pour moi, haine invincible ! mais quelle haine résisterait à une menace de pareille révélation ?

— Une pareille révélation ? Eh ! voilà où vous manquez de logique. Quoi ! vous admettez que, si j'eusse fait au roi une pareille révélation, je puisse vivre encore à l'heure qu'il est ?

— Il n'y a pas dix minutes que vous étiez chez le roi.

— Soit ! il n'aurait pas eu le temps de me faire tuer ; mais il aurait eu le temps de me faire bâillonner et jeter dans une oubliette. Allons, de la fermeté dans le raisonnement, mordieu !

Et, par ce mot tout mousquetaire, oubli d'un homme qui ne s'oubliait jamais, Fouquet dut comprendre à quel degré d'exaltation venait d'arriver le calme, l'impénétrable évêque de Vannes. Il en frémit.

— Et puis, reprit ce dernier après s'être dompté, serais-je l'homme que je suis ? serais-je un ami véritable si je vous exposais, vous que le roi hait déjà,

100

à un sentiment plus redoutable encore du jeune roi ? L'avoir volé, ce n'est rien ; avoir courtisé sa maîtresse, c'est peu ; mais tenir dans vos mains sa couronne et son honneur, allons donc ! il vous arracherait plutôt le cœur de ses propres mains !

— Vous ne lui avez rien laissé voir du secret ?

— J'eusse mieux aimé avaler tous les poisons que Mithridate a bus en vingt ans pour essayer à ne pas mourir.

— Qu'avez-vous fait, alors ?

— Ah ! nous y voici, monseigneur. Je crois que je vais exciter en vous quelque intérêt. Vous m'écoutez toujours, n'est-ce pas ?

— Si j'écoute ! Dites.

Aramis fit un tour dans la chambre, s'assura de la solitude, du silence, et revint se placer près du fauteuil dans lequel Fouquet attendait ses révélations avec une anxiété profonde.

— J'avais oublié de vous dire, reprit Aramis en s'adressant à Fouquet, qui l'écoutait avec une attention extrême, j'avais oublié une particularité remarquable touchant ces jumeaux : c'est que Dieu les a faits tellement semblables l'un à l'autre, que lui seul, s'il les citait à son tribunal, les saurait distinguer l'un de l'autre. Leur mère ne le pourrait pas.

— Est-il possible ! s'écria Fouquet.

— Même noblesse dans les traits, même démarche, même taille, même voix.

— Mais la pensée ? mais l'intelligence ? mais la science de la vie ?

— Oh ! en cela, inégalité, monseigneur. Oui, car le prisonnier de la Bastille est d'une supériorité incontestable sur son frère, et si, de la prison, cette pauvre victime passait sur le trône, la France n'aurait pas, depuis son origine peut-être, rencontré un maître plus puissant par le génie et la noblesse de caractère.

Fouquet laissa un moment tomber dans ses mains son front appesanti par ce secret immense. Aramis s'approchait de lui.

— Il y a encore inégalité, dit-il en poursuivant son œuvre tentatrice, inégalité pour vous, monseigneur, entre les deux jumeaux, fils de Louis XIII : c'est que le dernier venu ne connaît pas M. Colbert.

Fouquet se releva aussitôt avec des traits pâles et altérés. Le coup avait porté, non pas en plein cœur, mais en plein esprit.

— Je vous comprends, dit-il à Aramis : vous me proposez une conspiration.

— À peu près.

— Une de ces tentatives qui, ainsi que vous le

102

disiez au début de cet entretien, changent le sort des empires.

— Et des surintendants ; oui, monseigneur.

— En un mot, vous me proposez d'opérer une substitution du fils de Louis XIII qui est prisonnier aujourd'hui au fils de Louis XIII qui dort dans la chambre de Morphée en ce moment ?

Aramis sourit avec l'éclat sinistre de sa sinistre pensée.

— Soit ! dit-il.

— Mais, reprit Fouquet après un silence pénible, vous n'avez pas réfléchi que cette œuvre politique est de nature à bouleverser tout le royaume, et que, pour arracher cet arbre aux racines infinies qu'on appelle un roi, pour le remplacer par un autre, la terre ne sera jamais raffermie à ce point que le nouveau roi soit assuré contre le vent qui restera de l'ancien orage et contre les oscillations de sa propre masse.

Aramis continua de sourire.

— Songez donc, continua M. Fouquet en s'échauffant avec cette force de talent qui creuse un projet et le mûrit en quelques secondes, et avec cette largeur de vue qui en prévoit toutes les conséquences et en embrasse tous les résultats, songez donc qu'il nous faut assembler la noblesse, le clergé, le tiers état, déposer le prince régnant, troubler par un affreux scandale la tombe de Louis XIII, perdre la vie et l'honneur d'une femme, Anne d'Autriche, la vie et la paix d'une autre femme, Marie-Thérèse[1], et que, tout cela fini, si nous le finissons...

— Je ne vous comprends pas, dit froidement Aramis. Il n'y a pas un mot utile dans tout ce que vous venez de dire là.

— Comment ! fit le surintendant surpris, vous ne discutez pas la pratique, un homme comme vous ? Vous vous bornez aux joies enfantines d'une illusion politique, et vous négligez les chances de l'exécution, c'est-à-dire la réalité ; est-ce possible ?

— Mon ami, dit Aramis en appuyant sur le mot avec une sorte de familiarité dédaigneuse, comment fait Dieu pour substituer un roi à un autre ?

— Dieu ! s'écria Fouquet, Dieu donne un ordre à son agent, qui saisit le condamné, l'emporte et fait asseoir le triomphateur sur le trône devenu vide. Mais vous oubliez que cet agent s'appelle la mort. Oh ! mon Dieu ! monsieur d'Herblay, est-ce que vous auriez l'idée...

---

1. Marie-Thérèse d'Autriche naquit à Madrid en 1638. L'infante d'Espagne devint reine de France lorsqu'elle épousa Louis XIV en 1660, à Saint-Jean-de-Luz. La jeune reine souffrit toute sa vie des infidélités de son mari qu'elle aimait avec passion et auquel elle donna un fils, le Grand Dauphin. Néanmoins, Louis XIV nourrissait à l'égard de son épouse un sentiment tendre et eut ces mots lorsqu'elle mourut en 1683 : « C'est le premier chagrin qu'elle m'ait causé. »

— Il ne s'agit pas de cela, monseigneur. En vérité, vous allez au-delà du but. Qui donc vous parle d'envoyer la mort au roi Louis XIV ? qui donc vous parle de suivre l'exemple de Dieu dans la stricte pratique de ses œuvres ? Non. Je voulais vous dire que Dieu fait les choses sans bouleversement, sans scandale, sans efforts, et que les hommes inspirés par Dieu réussissent comme lui dans ce qu'ils entreprennent, dans ce qu'ils tentent, dans ce qu'ils font.

— Que voulez-vous dire ?

— Je voulais vous dire, mon ami, reprit Aramis avec la même intonation qu'il avait donnée à ce mot ami, quand il l'avait prononcé pour la première fois, je voulais vous dire que, s'il y a eu bouleversement, scandale et même effort dans la substitution du prisonnier au roi, je vous défie de me le prouver.

— Plaît-il ? s'écria Fouquet, plus blanc que le mouchoir dont il essuyait ses tempes. Vous dites ?...

— Allez dans la chambre du roi, continua tranquillement Aramis, et, vous qui savez le mystère, je vous défie de vous apercevoir que le prisonnier de la Bastille est couché dans le lit de son frère.

— Mais le roi ? balbutia Fouquet, saisi d'horreur à cette nouvelle.

— Quel roi ? dit Aramis de son plus doux accent, celui qui vous hait ou celui qui vous aime ?

— Le roi... d'hier ?...

— Le roi d'hier ? Rassurez-vous ; il a été prendre, à la Bastille, la place que sa victime occupait depuis trop longtemps.

— Juste Ciel ! Et qui l'y a conduit ?

— Moi.

— Vous ?

— Oui, et de la façon la plus simple. Je l'ai enlevé cette nuit, et, pendant qu'il redescendait dans l'ombre, l'autre remontait à la lumière. Je ne crois pas que cela ait fait du bruit. Un éclair sans tonnerre, cela ne réveille jamais personne.

Fouquet poussa un cri sourd, comme s'il eût été atteint d'un coup invisible, et prenant sa tête dans ses deux mains crispées :

— Vous avez fait cela ? murmura-t-il.

— Assez adroitement. Qu'en pensez-vous ?

— Vous avez détrôné le roi ? vous l'avez emprisonné ?

— C'est fait.

— Et l'action s'est accomplie ici, à Vaux ?

— Ici, à Vaux, dans la chambre de Morphée. Ne semblait-elle pas avoir été bâtie dans la prévoyance d'un pareil acte ?

— Et cela s'est passé ?
— Cette nuit.
— Cette nuit ?
— Entre minuit et une heure.

La réaction de Fouquet est très inattendue pour Aramis. L'évêque a agi dans l'intérêt du surintendant, mais ce dernier n'accepte pas son service. Il chasse Aramis, lui ordonne de quitter la France. Il lui donne Belle-Isle pour refuge et s'engage à le protéger tant qu'il vivra. Aramis parti, Fouquet est au désespoir. Il refuse d'être complice d'une machination contre son roi, qu'il continue, en dépit de sa disgrâce, à servir avec loyauté. Fouquet se rend donc à la Bastille pour délivrer le roi. Le pauvre Baisemeaux ne comprend rien à toute l'agitation qui règne autour du prisonnier Marchiali. Fouquet, qui ne possède pas d'ordre du roi pour faire libérer Marchiali, tente de convaincre le gouverneur de le laisser approcher le prisonnier. Mais Baisemeaux se souvient des paroles d'Aramis et de la sentence de mort qui punira quiconque laissera ce prisonnier communiquer. Fouquet parvient cependant à pénétrer dans la cellule du roi. Il lui apprend l'histoire de son jumeau. Le roi refuse de la croire et parle d'une « invention ». Le surintendant lui révèle le complot d'Aramis, mais demande sa grâce, que le roi refuse. Ils sortent de la Bastille, sur un ordre signé « Louis » (Baisemeaux s'arrache les cheveux d'incompréhension). Louis XIV et Fouquet se rendent au palais du Louvre. Pendant ce temps, Philippe a remplacé le roi à la Cour. Il joue son rôle à merveille. Seule, Anne d'Autriche se doute de quelque chose. Soudain, la porte s'ouvre, laissant le passage à Fouquet... et à Louis XIV.

Il n'est pas donné aux hommes, même à ceux dont la destinée renferme le plus d'éléments étranges et d'accidents merveilleux, de contempler un spectacle pareil à celui qu'offrait la chambre royale en ce moment.

Les volets, à demi clos, ne laissaient pénétrer qu'une lumière incertaine tamisée par de grands rideaux de velours doublés d'une épaisse soie.

Dans cette pénombre moelleuse s'étaient peu à peu dilatés les yeux, et chacun des assistants voyait les autres plutôt avec la confiance qu'avec la vue. Toutefois, on en arrive, dans ces circonstances, à ne laisser échapper aucun des détails environnants et le nouvel objet qui se présente apparaît lumineux comme s'il était éclairé par le soleil.

C'est ce qui arriva pour Louis XIV, lorsqu'il se montra pâle et le sourcil froncé sous la portière de l'escalier secret.

Fouquet laissa voir, derrière, son visage empreint de sévérité et de tristesse.

La reine mère, qui aperçut Louis XIV, et qui tenait la main de Philippe, poussa le cri dont nous avons parlé, comme elle eût fait en voyant un fantôme.

Monsieur eut un mouvement d'éblouissement et tourna la tête, de celui des deux rois qu'il apercevait en face, vers celui aux côtés duquel il se trouvait.

Madame fit un pas en avant, croyant voir se refléter, dans une glace, son beau-frère.

Et, de fait, l'illusion était possible.

Les deux princes, défaits l'un et l'autre, car nous renonçons à peindre l'épouvantable saisisement de Philippe, et tremblants tous deux, crispant l'un et l'autre une main convulsive, se mesuraient du regard et plongeaient leurs yeux comme des poignards dans l'âme l'un de l'autre. Muets, haletants, courbés, ils paraissaient prêts à fondre sur un ennemi.

Cette ressemblance inouïe du visage, du geste, de la taille, tout, jusqu'à une ressemblance de costume décidée par le hasard, car Louis XIV était allé prendre au Louvre un habit de velours violet, cette parfaite analogie des deux princes acheva de bouleverser le cœur d'Anne d'Autriche.

Elle ne devinait pourtant pas encore la vérité. Il y a de ces malheurs que nul ne veut accepter dans la vie. On aime mieux croire au surnaturel, à l'impossible.

Louis n'avait pas compté sur ces obstacles. Il s'attendait, en entrant seulement, à être reconnu. Soleil vivant, il ne souffrait pas le soupçon d'une parité avec qui que ce fût. Il n'admettait pas que tout flambeau ne devînt ténèbres à l'instant où il faisait luire son rayon vainqueur.

Aussi, à l'aspect de Philippe, fut-il plus terrifié peut-être qu'aucun autre autour de lui, et son silence, son immobilité, furent ce temps de recueillement et de calme qui précède les violentes explosions de la colère.

Mais Fouquet, qui pourrait peindre son saisissement et sa stupeur, en présence de ce portrait vivant de son maître ? Fouquet pensa qu'Aramis avait raison, que ce nouveau venu était un roi aussi pur dans sa race que l'autre, et que, pour avoir répudié toute participation à ce coup d'État si habilement fait par le général des jésuites, il fallait être un fol enthousiaste, indigne à jamais de tremper ses mains dans une œuvre politique.

Et puis c'était le sang de Louis XIII que Fouquet sacrifiait au sang de Louis XIII ; c'était à une ambition égoïste qu'il sacrifiait une noble ambition ; c'était au droit de garder qu'il sacrifiait le droit d'avoir. Toute l'étendue de sa faute lui fut révélée par le seul aspect du prétendant.

Tout ce qui se passa dans l'esprit de Fouquet fut perdu pour les assistants. Il eut cinq minutes pour concentrer ses méditations sur ce point du cas de conscience ; cinq minutes, c'est-à-dire cinq siècles, pendant lesquels les deux rois et leur famille trouvèrent à peine le temps de respirer d'une si terrible secousse.

D'Artagnan, adossé au mur, en face de Fouquet, le poing sur son front, l'œil fixe, se demandait la raison d'un si merveilleux prodige. Il n'eût pu dire sur-le-champ pourquoi il doutait ; mais il savait, assurément, qu'il avait eu raison de douter, et que, dans cette rencontre des deux Louis XIV, gisait toute la difficulté qui, pendant ces derniers jours, avait rendu la conduite d'Aramis si suspecte au mousquetaire.

Toutefois, ces idées étaient enveloppées de voiles épais. Les acteurs de cette scène semblaient nager dans les vapeurs d'un lourd réveil.

Soudain Louis XIV, plus impatient et plus habitué à commander, courut à un des volets, qu'il ouvrit en déchirant les rideaux. Un flot de vive lumière entra dans la chambre et fit reculer Philippe jusqu'à l'alcôve.

Au moment où le capitaine des mousquetaires

allait sortir, Colbert apparut, remit à d'Artagnan un ordre du roi et se retira.

D'Artagnan le lut et froissa le papier avec rage.

— Qu'y a-t-il ? demanda le prince.

— Lisez, monseigneur, repartit le mousquetaire.

Philippe lut ces mots tracés à la hâte de la main de Louis XIV :

M. d'Artagnan conduira le prisonnier aux îles Sainte-Marguerite. Il lui couvrira le visage d'une visière de fer, que le prisonnier ne pourra lever sous peine de perdre la vie.

— C'est juste, dit Philippe avec résignation. Je suis prêt.

— Aramis avait raison, dit Fouquet, bas, au mousquetaire ; celui-ci est roi bien autant que l'autre.

— Plus ! répliqua d'Artagnan. Il ne lui manque que moi et vous.

D'Artagnan a conduit le Masque de fer au fort de l'île Sainte-Marguerite. Pendant ce temps-là, Atbos, la mort dans l'âme, accompagne son fils, Raoul de Bragelonne, à l'embarquement du bateau qui l'emportera, aux côtés du duc de Beaufort, en Afrique. Raoul, en effet, veut quitter la France et se

faire tuer à la guerre : amoureux fou de Louise de La
Vallière, à laquelle il était promis et qui lui a préféré
Louis XIV, Raoul désire, avant de s'embarquer,
saluer une dernière fois son ami d'Artagnan. Athos
et Raoul passent par le fort de l'île Sainte-Margue-
rite, car ils savent que d'Artagnan y est de garde
depuis qu'il est chargé par le roi de surveiller un pri-
sonnier très secret. En allant sur l'île, un pêcheur leur
raconte qu'il y a peu de temps, un gentilhomme lui
a demandé de le faire passer aux îles Sainte-Margue-
rite avec son chargement : un carrosse qui renfermait
un homme masqué de noir. Le pêcheur a cru que
c'était le diable. Athos se promène près du fort,
quand tout à coup...

Tout à coup il s'entendit appeler, et, levant la
tête, aperçut dans l'encadrement des barreaux
d'une fenêtre quelque chose de blanc, comme une
main qui s'agitait, quelque chose d'éblouissant,
comme une arme frappée des rayons du soleil.

Et, avant qu'il se fût rendu compte de ce qu'il
venait de voir, une traînée lumineuse, accompagnée
d'un sifflement dans l'air, appela son attention du
donjon sur la terre.

Un second bruit mat se fit entendre dans le fossé,
et Raoul courut ramasser un plat d'argent qui
venait de rouler jusque dans les sables desséchés.

La main qui avait lancé ce plat fit un signe aux deux gentilshommes, puis elle disparut.

Alors Raoul et Athos, s'approchant l'un de l'autre, se mirent à considérer attentivement le plat souillé de poussière, et ils découvrirent, sur le fond, des caractères tracés avec la pointe d'un couteau :

Je suis, *disait l'inscription,* le frère du roi de France, prisonnier aujourd'hui, fou demain. Gentilshommes français et chrétiens, priez Dieu pour l'âme et la raison du fils de vos maîtres !

Le plat tomba des mains d'Athos, pendant que Raoul cherchait à pénétrer le sens mystérieux de ces mots lugubres.

Au même instant, un cri se fit entendre du haut du donjon. Raoul, prompt comme l'éclair, courba la tête et força son père à se courber aussi. Un canon de mousquet venait de reluire à la crête du mur. Une fumée blanche jaillit comme un panache à l'orifice du mousquet, et une balle vint s'aplatir sur une pierre, à six pouces des deux gentilshommes. Un autre mousquet parut encore et s'abaissa.

— Cordieu ! s'écria Athos, assassine-t-on les gens, ici ? Descendez, lâches que vous êtes !

— Oui, descendez ! dit Raoul furieux en montrant le poing au château.

L'un des deux assaillants, celui qui allait tirer le

coup de mousquet, répondit à ces cris par une exclamation de surprise, et, comme son compagnon voulait continuer l'attaque et ressaisissait le mousquet tout armé, celui qui venait de s'écrier releva l'arme, et le coup partit en l'air.

Athos et Raoul, voyant qu'on disparaissait de la plate-forme, pensèrent qu'on allait venir à eux, et ils attendirent de pied ferme.

Cinq minutes ne s'étaient pas écoulées, qu'un coup de baguette sur le tambour appela les huit soldats de la garnison, lesquels se montrèrent sur l'autre bord du fossé avec leurs mousquets. À la tête de ces hommes se tenait un officier que le vicomte de Bragelonne reconnut pour celui qui avait tiré le premier coup de mousquet.

Cet homme ordonna aux soldats d'apprêter les armes.

— Nous allons être fusillés ! s'écria Raoul. L'épée à la main, du moins, et sautons le fossé ! Nous tuerons bien chacun un de ces coquins quand leurs mousquets seront vides.

Et déjà Raoul, joignant le mouvement au conseil, s'élançait, suivi d'Athos, lorsqu'une voix bien connue retentit derrière eux.

— Athos ! Raoul ! criait cette voix.

— D'Artagnan ! répondirent les deux gentilshommes.

— Armes bas, mordioux ! s'écria le capitaine aux soldats. J'étais bien sûr de ce que je disais, moi !

Les soldats relevèrent leurs mousquets.

— Que nous arrive-t-il donc ? demanda Athos. Quoi ! on nous fusille sans nous avertir ?

— C'est moi qui allais vous fusiller, répliqua d'Artagnan ; et, si le gouverneur vous a manqués, je ne vous eusse pas manqués, moi, chers amis. Quel bonheur que j'aie pris l'habitude de viser longtemps, au lieu de tirer d'instinct en visant ! J'ai cru vous reconnaître. Ah ! mes chers amis, quel bonheur !

Et d'Artagnan s'essuyait le front, car il avait couru vite, et l'émotion chez lui n'était pas feinte.

— Comment ! fit le comte, ce monsieur qui a tiré sur nous est le gouverneur de la forteresse ?

— En personne.

— Et pourquoi tirait-il sur nous ? que lui avons-nous fait ?

— Pardieu ! vous avez reçu ce que le prisonnier vous a jeté.

— C'est vrai !

— Ce plat... le prisonnier a écrit quelque chose dessus, n'est-ce pas ?

— Oui.

— Je m'en étais douté. Ah ! mon Dieu !

Et, d'Artagnan, avec toutes les marques d'une

inquiétude mortelle, s'empara du plat pour en lire l'inscription. Quand il eut lu, la pâleur couvrit son visage.

— Oh ! mon Dieu ! répéta-t-il. Silence ! Voici le gouverneur qui vient.

— Et que nous fera-t-il ? Est-ce notre faute ?...

— C'est donc vrai ? dit Athos à demi-voix, c'est donc vrai ?

— Silence ! vous dis-je, silence ! Si l'on croit que vous savez lire, si l'on suppose que vous avez compris, je vous aime bien, chers amis, je me ferais tuer pour vous... mais...

— Mais... dirent Athos et Raoul.

— Mais je ne vous sauverais pas d'une éternelle prison, si je vous sauvais de la mort. Silence, donc ! silence encore !

Le gouverneur arrivait, ayant franchi le fossé sur une passerelle de planche.

— Eh bien ! dit-il à d'Artagnan, qui vous arrête ?

— Vous êtes des Espagnols, vous ne comprenez pas un mot de français, dit vivement le capitaine, bas, à ses amis. Eh bien ! reprit-il en s'adressant au gouverneur, j'avais raison, ces messieurs sont deux capitaines espagnols que j'ai connus à Ypres, l'an passé... Ils ne savent pas un mot de français.

— Ah ! fit le gouverneur avec attention.

Et il chercha à lire l'inscription du plat.

D'Artagnan le lui ôta des mains, en effaçant les caractères à coups de pointe d'épée.

— Comment ! s'écria le gouverneur, que faites-vous ? Je ne puis donc pas lire ?

— C'est le secret de l'État, répliqua nettement d'Artagnan, et, puisque vous savez, d'après l'ordre du roi, qu'il y a peine de mort contre quiconque le pénétrera, je vais, si vous le voulez, vous laisser lire et vous faire fusiller aussitôt après.

Pendant cette apostrophe, moitié sérieuse, moitié ironique, Athos et Raoul gardaient un silence plein de sang-froid.

— Mais il est impossible, dit le gouverneur, que ces messieurs ne comprennent pas au moins quelques mots.

— Laissez donc ! quand bien même ils comprendraient ce qu'on parle, ils ne liraient pas ce que l'on écrit. Ils ne le liraient même pas en espagnol. Un noble espagnol, souvenez-vous-en, ne doit jamais savoir lire.

Il fallut que le gouverneur se contentât de ces explications, mais il était tenace.

— Invitez ces messieurs à venir au fort, dit-il.

— Je le veux bien, et j'allais vous le proposer, répliqua d'Artagnan.

Le fait est que le capitaine avait une tout autre

idée, et qu'il eût voulu voir ses amis à cent lieues. Mais force lui fut de tenir bon.

Il adressa en espagnol aux deux gentilshommes une invitation que ceux-ci acceptèrent.

On se dirigea vers l'entrée du fort, et, l'incident étant vidé, les huit soldats retournèrent à leurs doux loisirs, un moment troublés par cette aventure inouïe.

Captif et geôliers

Une fois entrés dans le fort, et tandis que le gouverneur faisait quelques préparatifs pour recevoir ses hôtes :

— Voyons, dit Athos, un mot d'explication pendant que nous sommes seuls.

— Le voici simplement, répondit le mousquetaire. J'ai conduit à l'île un prisonnier que le roi défend qu'on voie ; vous êtes arrivés, il vous a jeté quelque chose par son guichet de fenêtre ; j'étais à dîner chez le gouverneur, j'ai vu jeter cet objet, j'ai vu Raoul le ramasser. Il ne me faut pas beaucoup de temps pour comprendre, j'ai compris, et je vous ai crus d'intelligence avec mon prisonnier. Alors...

— Alors vous avez commandé qu'on nous fusillât.

— Ma foi ! je l'avoue ; mais, si j'ai le premier sauté sur un mousquet, heureusement, j'ai été le dernier à vous mettre en joue.

— Si vous m'eussiez tué, d'Artagnan, il m'arrivait ce bonheur de mourir pour la maison royale de France ; et c'est un signe d'honneur de mourir par votre main, à vous, son plus noble et son plus loyal défenseur.

— Bon ! Athos, que me contez-vous là de la maison royale ? balbutia d'Artagnan. Comment ! vous, comte, un homme sage et bien avisé, vous croyez à ces folies écrites par un insensé ?

— Avec d'autant plus de raison, mon cher chevalier, que vous avez ordre de tuer ceux qui y croiraient, continua Raoul.

— Parce que, répliqua le capitaine des mousquetaires, parce que toute calomnie, si elle est bien absurde, a la chance presque certaine de devenir populaire.

— Non, d'Artagnan, reprit tout bas Athos, parce que le roi ne veut pas que le secret de sa famille transpire dans le peuple et couvre d'infamie les bourreaux du fils de Louis XIII.

— Allons, allons, ne dites pas de ces enfantillages-là, Athos, ou je vous renie pour un homme sensé. D'ailleurs, expliquez-moi comment Louis XIII aurait un fils aux îles Sainte-Marguerite ?

— Un fils que vous auriez conduit ici, masqué, dans le bateau d'un pêcheur, fit Athos, pourquoi pas ?

D'Artagnan s'arrêta.

— Ah ! ah ! dit-il, d'où savez-vous qu'un bateau de pêcheur ?...

— Vous a amené à Sainte-Marguerite avec le carrosse qui renfermait le prisonnier ; avec le prisonnier que vous appelez monseigneur ? Oh ! je le sais, reprit le comte.

D'Artagnan mordit ses moustaches.

— Fût-il vrai, dit-il, que j'aie amené ici dans un bateau et avec un carrosse un prisonnier masqué, rien ne prouve que ce prisonnier soit un prince... un prince de la maison de France.

— Oh ! demandez cela à Aramis, répondit froidement Athos.

— À Aramis ? s'écria le mousquetaire interdit. Vous avez vu Aramis ?

— Après sa déconvenue à Vaux, oui ; j'ai vu Aramis fugitif, poursuivi, perdu, et Aramis m'en a dit assez pour que je croie aux plaintes que cet infortuné a gravées sur le plat d'argent.

D'Artagnan laissa pencher sa tête avec accablement.

— Voilà, dit-il, comme Dieu se joue de ce que les hommes appellent leur sagesse ! Beau secret que celui dont douze ou quinze personnes tiennent en ce moment les lambeaux !... Athos, maudit soit le hasard qui vous a mis en face de moi dans cette affaire ! car maintenant...

— Eh bien ! dit Athos avec sa douceur sévère, votre secret est-il perdu parce que je le sais ? n'en ai-je pas porté d'aussi lourds en ma vie ? Ayez donc de la mémoire, mon cher.

— Vous n'en avez jamais porté d'aussi périlleux, repartit d'Artagnan avec tristesse. J'ai comme une idée sinistre que tous ceux qui auront touché à ce secret mourront, et mourront mal.

Avant de quitter l'île, Athos, Raoul et d'Artagnan voient le Masque de fer se rendre à la messe.

Comme ils passaient sur le rempart dans une galerie dont d'Artagnan avait la clef, ils virent M. de Saint-Mars[1] se diriger vers la chambre habitée par le prisonnier.

---

1. Gouverneur du fort de l'île Sainte-Marguerite à ce moment-là.

Ils se cachèrent dans l'angle de l'escalier sur un signe de d'Artagnan.

— Qu'y a-t-il ? dit Athos.

— Vous allez voir. Regardez. Le prisonnier revient de la chapelle.

Et l'on vit, à la lueur des rouges éclairs, dans la brume violette qu'estompait le vent sur le fond du ciel, on vit passer gravement, à six pas derrière le gouverneur, un homme vêtu de noir et masqué par une visière d'acier bruni, soudée à un casque de même nature, et qui lui enveloppait toute la tête. Le feu du ciel jetait de fauves reflets sur cette surface polie, et ces reflets, voltigeant capricieusement, semblaient être les regards courroucés que lançait ce malheureux à défaut d'imprécations.

Au milieu de la galerie, le prisonnier s'arrêta un moment à contempler l'horizon infini, à respirer les parfums sulfureux de la tempête, à boire avidement la pluie chaude, et il poussa un soupir semblable à un rugissement.

— Venez, monsieur, dit de Saint-Mars brusquement au prisonnier, car il s'inquiétait déjà de le voir regarder longtemps au-delà des murailles. Monsieur, venez donc !

— Dites : « Monseigneur », cria de son coin Athos à Saint-Mars d'une voix tellement solennelle et terrible, que le gouverneur en frissonna des pieds à la tête.

Athos voulait toujours le respect pour la majesté tombée.

Le prisonnier se retourna.

— Qui a parlé ? demanda de Saint-Mars.

— Moi, répliqua d'Artagnan, qui se montra aussitôt. Vous savez bien que c'est l'ordre.

— Ne m'appelez ni monsieur ni monseigneur, dit à son tour le prisonnier avec une voix qui remua Raoul jusqu'au fond des entrailles ; appelez-moi *Maudit* !

Et il passa.

La porte de fer cria derrière lui.

— Voilà un homme malheureux ! murmura sourdement le mousquetaire, en montrant la chambre habitée par le prince.

Ainsi s'achève, dans Le Vicomte de Bragelonne, *l'intrigue liée au Masque de fer. Dumas le laissera désormais purger sa peine dans l'ombre de son cachot de Sainte-Marguerite...*

L' HOMME AU
MASQUE DE FER
EN QUESTIONS

Où ?
En France, à Paris.
Quand ?
Sous le règne de Louis XIV.
Qui ?
Un homme, un certain Eustache Dauger, arrêté sur ordre du ministre du roi en 1669.

Qui est ce prisonnier ? Quel secret mortel représente-t-il au regard de la monarchie des Bourbons pour qu'elle s'évertue à le taire aussi farouchement, des siècles après la mort de Louis XIV ?

Quoi ?

Ce prisonnier va être maintenu dans le plus grand secret et sous la surveillance des mêmes geôliers pendant trente-quatre ans. Il ne sera jamais jugé, mais sera traité avec les égards que l'on réserve aux princes. Personne n'aura le droit de voir son visage, qu'un masque de fer recouvre, et il ne pourra communiquer avec quiconque sous peine d'une mort immédiate. Transféré dans quatre prisons, dans un cachot au modèle unique comportant trois portes successives qui le coupent du monde, il meurt à la Bastille. Après sa mort, on brûle tous ses meubles. Les révolutionnaires prennent la Bastille en 1789, et cherchent parmi les pages du registre de la prison celles qui concernent celui qu'on surnomme déjà l'« homme au masque de fer ». Le feuillet qui fait état de son entrée à la Bastille, comme celui correspondant à la date de sa mort ont été arrachés...

CE QUE L'ON SAIT
DU MASQUE DE FER

« J'ai comme une idée sinistre que tous ceux qui auront touché à ce secret mourront, et mourront mal. »
(D'Artagnan, dans *Le Vicomte de Bragelonne*)

La prophétie de d'Artagnan, à la fin du *Vicomte de Bragelonne*, sonne très juste : ceux qui connurent le secret du Masque de fer eurent en effet à le regretter...

UN SECRET QUI ENRICHIT LES UNS ET TUA LES AUTRES

Parmi ceux qui approchèrent l'homme masqué, bon nombre sont morts dans des circonstances aujourd'hui encore non élucidées. Mais, en réalité, très peu de personnes connurent l'identité de l'homme au Masque de fer de son vivant. Cependant, n'oublions pas le personnel mis au service du prisonnier. Quelques hommes investis de la garde du Masque bâtirent leur fortune sur leur dévouement au roi, dans cette affaire qui touchait de si près la Couronne...

CEUX QUI EN VÉCURENT...

Dans la famille du geôlier Saint-Mars, on se transmit la garde du Masque de fer en héritage. En échange de leur discrétion, Saint-Mars et ses neveux recueillirent, au cours des trente-quatre ans que dura la captivité du Masque de fer, une fortune évaluée à cinquante millions de francs (plus de sept millions d'euros), des titres de noblesse, des promotions fulgurantes et inattendues et une reconnaissance éternelle du roi. Pour leur silence, une certaine Mme Dauger et son fils Louis – dont nous reparlerons très bientôt – connurent, leur vie durant, ses larges faveurs. Le confesseur du roi, le père La Chaise, put – grâce à la connaissance du secret, certainement révélé en confession – exercer une influence puissante sur le souverain. Marcel Pagnol dira même qu'il a pu jouer un rôle dans la révocation de l'Édit de Nantes : Louis XIV, voulant se racheter du crime de la captivité du Masque, qui pouvait le conduire en enfer, aurait chassé de France les protestants pour faire une bonne action en faveur de l'Église catholique.

CEUX QUI EN SONT MORTS...

En effet, ceux qui apprirent par hasard l'identité de l'homme masqué, et qui ne faisaient pas partie du dispositif mis en place par Louis XIV pour préserver l'anonymat du prisonnier, disparurent dans des conditions mystérieuses. Henriette de France, reine d'Angleterre, sans doute mise au courant par son frère Louis XIII, Henriette d'Angleterre, belle-sœur de Louis XIV, Nicolas Fouquet décédèrent tous de manière étrange et subite. Sans compter Louvois, le ministre de la Guerre, qui, malgré les responsabilités que lui avait confiées le roi dans cette affaire, n'échappa pas à une mort violente et suspecte.

COMMENT UN PRISONNIER DEVINT UN HÉROS

C'est l'histoire de ce mystérieux personnage, qui attire le malheur et sème la mort dans le royaume de France, que nous allons raconter. Car l'homme masqué a d'abord été un homme de chair et de sang, avant d'être une légende. Il vécut, souffrit et troubla son siècle. De nombreux témoignages nous renseignent sur les étapes de sa vie. Et si l'homme nous est inconnu, le prisonnier, lui, peut être suivi à la trace.

CE QUE L'ON SAIT DU MYSTÉRIEUX PRISONNIER

Son arrestation

Par une lettre de cachet datée du 26 juillet 1669, Louis XIV ordonne l'arrestation d'un nommé Eustache Dauger et sa conduite immédiate à la forteresse de Pignerol – enclave française en Italie – pour qu'il y soit placé sous la surveillance du gouverneur de la prison, M. de Saint-Mars. Louvois, ministre de la Guerre, recommande avant même l'arrivée du prisonnier « [...] *qu'il soit gardé avec une grande sûreté et qu'il ne puisse donner de ses nouvelles à qui que ce soit en nulle manière [...] qu'il porte lui-même à ce misérable une fois le jour de quoi vivre toute la journée [...] et qu'il n'écoute jamais sous quelque prétexte que ce puisse être, ce qu'il voudra [lui] dire, le menaçant toujours de le faire mourir s'il [lui] ouvre jamais la bouche pour [lui] parler d'autre chose que de ses nécessités* ».

Louvois donne au gouverneur des instructions

très précises sur l'aménagement du cachot dans lequel le prisonnier devra résider :

« [...] *faire accommoder un cachot* [...] *de sorte que les jours qui seront au lieu où il sera ne donnent point sur des lieux qui puissent être abordés de personne, et qu'il y ait assez de portes fermées les unes sur les autres pour que vos sentinelles ne puissent rien entendre*[1]. »

Ces précautions extrêmes, ordonnées par le ministre de la Guerre lui-même, annoncent un prisonnier dont la détention est de la plus haute importance pour l'État.

Mais qui est Dauger ?

Eustache Dauger est le frère d'un ami d'enfance du roi, Louis Dauger, devenu, par la suite, un des gardes personnels de Sa Majesté. Eustache était un jeune gentilhomme connu surtout pour ses débauches. Officier dans les Gardes françaises, sa mauvaise conduite avait causé son exclusion de l'armée. En 1668, sa famille, lassée et honteuse de cette vie scandaleuse, avait demandé à Louis XIV son arrestation par lettre de cachet et son incarcération à la prison parisienne de Saint-Lazare.

En effet, ordre est donné, le 26 juillet 1669, de

---

1. Cité par Pagnol.

conduire « Eustache Dauger » à la prison de Pignerol. Mais ce prisonnier, qui restera incarcéré dans
le plus grand secret pendant trente-quatre ans,
jusqu'à sa mort en 1703, n'est vraisemblablement
pas le jeune frère débauché de l'ami de
Louis XIV : tout au long de ces années, le roi enga-
gera pour lui des sommes exorbitantes, achetant
une vraie fortune le silence de ses geôliers, dépen-
sant sans compter pour sa sécurité... Pourquoi
aurait-il déployé autant d'efforts pour une simple
tête brûlée ? C'est sans doute qu'il ne s'agit aucu-
nement de cet homme : Eustache Dauger a semble-
t-il prêté son nom afin de servir de couverture à un
homme autrement plus compromettant pour le roi.

D'« Eustache Dauger » à « Marchioly », en passant par « l'Homme au Masque de fer »

Régime de luxe pour un valet...
Louvois tient à ce que l'on croie que cet homme
est Eustache Dauger. Pourtant – première contradiction – il le présente dès le début comme un
simple valet, et non comme un gentilhomme. Pour
ce « valet » – autre contradiction – Louvois
ordonne, aux premiers jours de sa captivité, qu'on
lui réserve un régime de luxe : un cachot lui sera
aménagé par le collaborateur direct du ministre

Vauban – premier spécialiste des fortifications en France ! – de telle manière que personne ne puisse le voir ni l'entendre. Pourtant la prison de Pignerol ne manque pas de cellules qui garantissent la sécurité absolue. Fouquet, également prisonnier à Pignerol au même moment, n'a pas eu droit à un tel traitement de faveur...

Il n'a pas droit non plus aux autres attentions que Saint-Mars, par ordre de Louvois, est tenu de porter à Dauger : des meubles neufs lui sont fournis, il peut demander ce qu'il veut pour ses repas, qui lui sont servis par le gouverneur lui-même. Le prisonnier se distingue par son goût pour le linge fin – dont on ne le prive pas –, il lit beaucoup et ce qu'il veut, possède même une guitare, dont il joue à merveille... De plus, le gouverneur en personne s'inquiète régulièrement de sa santé, dont il rend des comptes scrupuleux au ministre lui-même.

Un valet, « Eustache » ? Comment le croire ? Un témoignage de sa captivité à Sainte-Marguerite nous apprend que « *le gouverneur et les officiers restaient devant lui debout et découverts jusqu'à ce qu'il les fît couvrir et asseoir* ». Louvois lui-même, lors de la visite spéciale qu'il lui fit durant l'été 1670, lui aurait parlé « *debout, avec une considération qui tient du respect* », note Voltaire.

Qui est ce prisonnier ? Le fort commence à résonner des suppositions les plus diverses, et la curiosité est telle que le gouverneur se plaint à Louvois quelques mois après son incarcération : « Il y a des personnes qui sont quelquefois si curieuses de me demander des nouvelles de mon prisonnier, ou le sujet pourquoi je fais faire tant de retranchements pour sa sûreté, que je suis obligé de leur dire des contes jaunes pour me moquer d'eux. » Aux prisonniers qui poussaient un peu trop l'indiscrétion, Saint-Mars, excédé, répondait en effet qu'il s'agissait « du Grand Turc ou de l'empereur de Chine » ! Il est, en tout cas, évident que le captif est un homme de très haute condition.

L'empereur de Chine au service de Fouquet...

On peut imaginer que cette effervescence autour du prisonnier ait inquiété le roi, et qu'il ait voulu mettre fin aux rumeurs selon lesquelles le prisonnier était, non pas un valet comme il voulait le faire croire, mais un haut personnage. Le fait est qu'il prend la décision de placer Dauger au service de Fouquet. En effet, les prisonniers de marque avaient l'autorisation de disposer de domestiques, soit que leurs employés choisissent de les suivre en prison pour continuer de les servir, soit qu'on mette à leur disposition des prisonniers de plus basse condition.

Ainsi Dauger a-t-il l'autorisation de se rendre dans la cellule de Fouquet tous les jours. Mais, alors qu'il était habituellement permis aux détenus – du moins aux détenus de marque – de se rendre des visites, il est absolument défendu à Eustache de se faire voir de quiconque. Une lettre de Louvois, datant du début de 1679, le confirme : « *Toutes les fois que M. Fouquet descendra dans la chambre de M. de Lauzun[1] ou que M. de Lauzun montera dans la chambre de M. Fouquet, ou quelque étranger, M. de Saint-Mars aura soin de retirer le nommé Eustache, et ne le remettre dans la chambre de M. Fouquet que lorsqu'il n'y aura plus que lui et son ancien valet.* » Il en va de même pour les promenades : Fouquet ne peut se faire accompagner de son « valet », qui doit rester caché.

Fouquet emporte le secret dans la tombe
L'autorisation donnée à Eustache Dauger, sur

---

1. Le duc de Lauzun était un gentilhomme rebelle, qui s'était opposé à de nombreuses reprises à Louis XIV. La cause de son emprisonnement fut son projet de mariage avec la cousine du roi, la Grande Mademoiselle, qui lui vouait un amour passionné. Le roi s'était opposé à ce mariage et avait ordonné l'emprisonnement du duc à la forteresse de Pignerol, place forte française en Italie.

ordre du roi lui-même, de rencontrer Fouquet est bien étonnante, quand on sait les précautions infinies dont il entoure, depuis dix ans, son mystérieux prisonnier. Louis XIV ne semble pas craindre que son ancien surintendant communique avec Dauger, et apprenne ainsi ce qu'il cache avec application depuis des années. Toutefois, en 1678, Louvois promet à Fouquet des adoucissements dans sa captivité, s'il lui révèle ce qu'il avait appris de la vie passée de Dauger.

Il en fait état par une lettre, datée du 23 novembre 1678 : « *Monsieur*, [...] *Sa Majesté est en disposition de donner dans peu de temps des adoucissements fort considérables à votre prison ; mais, comme Elle désire auparavant être informée si le nommé Eustache que l'on vous a donné pour vous servir n'a point parlé devant l'autre valet qui vous sert de ce à quoi il a été employé avant que d'être à Pignerol, S.M m'a commandé de vous le demander et de vous dire qu'Elle s'attend que, sans aucune considération, vous me direz la vérité à ce sujet. [...] L'intention de S.M. est que vous fassiez réponse à cette lettre en personne, sans rien témoigner de ce qu'elle contient à M. de Saint-Mars.* »

Bien entendu, on ne sait rien de la réponse de Fouquet à cette lettre, qui nous aurait certainement appris le secret de « Dauger ». Mais ce qui est sûr, c'est que Fouquet va mourir, l'année suivante, le 22 ou 23 mars 1680, emportant avec lui ce qu'il avait pu entendre... Une mort qui n'est pas pour contrarier le roi. Ce dernier l'a-t-il voulue ? « S'ils l'avaient condamné à mort, je l'aurais laissé mourir », avait dit le Roi-Soleil lors du procès de son ancien surintendant des Finances. De fait, en réponse à l'annonce par Saint-Mars de la mort de Fouquet, Louvois fait part au geôlier de l'extrême satisfaction du roi : « *Au reste, vous devez être persuadé que Sa Majesté vous donnera des marques de la satisfaction qu'elle a de vos services dans les occasions qui pourront se présenter, de quoi je prendrai soin de le faire souvenir avec beaucoup de plaisir.* »

De fait, les circonstances de la mort de l'ancien ministre sont plus que troublantes. Il meurt subitement, en quelques heures, après son dîner. Depuis son incarcération, dix-neuf ans plus tôt, ses nombreux amis – parmi lesquels Jean de La Fontaine et Mme de Sévigné – craignaient qu'il ne fût empoisonné, tant était grande la haine du roi à son endroit... Certes, on permet à la famille de récupérer le corps de Fouquet, mais on le fait trop tardivement pour qu'une trace éventuelle de poison puisse y être décelée.

Quelques mois plus tard, le ministère de Louvois demande à Saint-Mars, de la part du roi, qu'on lui renvoie tous les documents qui appartenaient à Fouquet, et que celui-ci avait dissimulés dans ses affaires personnelles, lesquelles devaient être rendues à sa famille : on soupçonnait Fouquet d'y avoir laissé des informations concernant son mystérieux « valet »...

PREMIER DÉMÉNAGEMENT : « PAR UNE NUIT SOMBRE DU MOIS D'OCTOBRE... »

À la mort de leurs maîtres, les valets qui les avaient servis pendant leur captivité étaient immédiatement libérés. Pour ne pas contredire cet usage, après la mort de Fouquet, on fait disparaître « Eustache Dauger » de la prison de Pignerol. Louvois tenait en effet particulièrement à ce que les autres prisonniers croient à la libération de Dauger et de l'autre valet du surintendant, le vrai, nommé La Rivière.

Il le fait savoir à Saint-Mars dans une lettre du 8 avril 1680. Dauger et La Rivière ne sont évidemment pas libérés, mais, pour ne pas éveiller les soupçons, Dauger doit quitter sa cellule spéciale, et il est caché, avec La Rivière, dans une cellule reculée de la prison.

Ce dernier aurait dû, après la mort de son maître, être également libéré. Mais le malheureux, qui connaît à coup sûr l'identité de Dauger, doit désormais rester au secret et ne plus le quitter. Il lui sera à jamais attaché comme valet. Tous deux sont transférés l'année suivante au fort d'Exiles, en Dauphiné. L'opération a lieu dans la clandestinité : « *Par une nuit sombre du mois d'octobre 1681, toute une compagnie d'hommes d'armes, mousquets ou piques sur l'épaule, quittaient silencieusement le donjon et gagnaient la campagne par la fausse porte et les fossés qui faisaient directement communiquer le donjon avec l'extérieur. À l'embranchement des routes, une litière attendait : on y fit monter deux prisonniers masqués et garrottés, et la petite troupe s'engagea immédiatement dans la montagne.* » Les deux prisonniers ne sont pas amenés dans une autre prison, mais dans un fort, dont Saint-Mars sera le commandant en chef. Ainsi, à l'exception des geôliers attitrés de Dauger, aucun soldat, aucun gardien de prison ne seront témoins de ce transfert...

La Rivière meurt à Exiles : Dauger reste le seul prisonnier, mobilisant pour sa surveillance « quarante-cinq hommes, six sous-officiers, et deux lieutenants ».

DEUXIÈME DÉMÉNAGEMENT : DANS UNE CHAISE
À PORTEURS SI FERMÉE QUE LE PRISONNIER FAILLIT
S'ÉTOUFFER...

Six ans plus tard, le 17 avril 1687, Saint-Mars
quitte Exiles avec Dauger pour l'île Sainte-Marguerite, au large de Cannes. Il a fait construire une
chaise spéciale « *couverte de toile cirée, de manière
qu'il aurait assez d'air, sans que personne pût le voir
ni lui parler pendant la route, pas même les soldats
que je choisirai pour être proches de la chaise* ». Pour
plus de sécurité, Saint-Mars a engagé des porteurs
italiens, qui ne comprennent ni ne parlent le français.

À Sainte-Marguerite, comme à Pignerol et à
Exiles, on fait construire, à grands frais, un cachot
spécial pour le prisonnier, sur le modèle inauguré
à Pignerol. Trois portes l'isolent du reste du monde,
et la cellule n'offre aucune prise à la vue ou à l'ouïe.
De plus, ici, ses fenêtres surplombent un à-pic de
trente mètres de hauteur, rendant impossible
l'espoir d'une simple communication avec le
monde extérieur.

C'est à Sainte-Marguerite que le port d'un masque est imposé au prisonnier. Il lui permet, paradoxalement, de retrouver un peu de liberté de mouvement. Couvert de son masque, l'homme peut, en certaines occasions, sortir de sa cellule : il est autorisé à aller à la messe et à se promener dans l'île.

Son masque, dès lors, frappe les esprits, et « l'homme au Masque de fer » devient une figure de légende.

Parler d'un « masque de fer » n'est pourtant pas tout à fait exact. Il s'agissait plus vraisemblablement d'un masque de velours noir. Non pas un loup de carnaval, mais un masque qui recouvrait le menton. Nous le savons grâce à Voltaire, qui le décrit comportant une mentonnière avec des ressorts d'acier : de là est née l'appellation du « Masque de fer ». Sous ce surnom disparaît le personnage de Dauger, qui ne sera plus jamais mentionné dans les registres des prisons : n'avait-il pas été libéré après la mort de Fouquet ? Le prisonnier sans nom n'était pas le premier détenu à avoir le visage caché : on connaît le cas de prisonniers qui, désirant préserver leur anonymat, demandaient à porter un masque. Mais l'homme au Masque de fer est le seul à avoir jamais été tenu de le porter sous peine de mort...

TROISIÈME ET DERNIER DÉMÉNAGEMENT : OÙ DES VILLAGEOIS N'OUBLIERONT JAMAIS « L'HOMME AU MASQUE »...

Après avoir passé onze ans à la tête de la forteresse de l'île Sainte-Marguerite, Saint-Mars, promu à la Bastille, emmène avec lui l'homme masqué. Antoine Rû, le porte-clefs provençal de la prison de Pignerol, qui a la tâche d'ouvrir et de refermer le cachot du Masque de fer depuis le début de sa captivité, est promu lui aussi. Quand on sait combien sont nombreux les porte-clefs parisiens qui attendent une promotion à la Bastille, celle d'Antoine Rû a dû créer bien des jalousies et de la suspicion ! Comment ce modeste provincial avait-il pu se faire remarquer par l'administration pénitentiaire pour qu'elle fasse appel à ses services dans la première prison du pays ?

Le voyage de Cannes à Paris dure quelques jours. Le prisonnier est conduit dans une litière aux rideaux fermés et suivie d'une escorte de cavaliers. Le cortège fait une halte au manoir du Palteau, propriété de M. de Saint-Mars. Guillaume du Palteau, le petit-neveu de M. de Saint-Mars, nous en laisse un vivant témoignage :

« *L'Homme au Masque de fer arriva dans une litière qui précédait celle de M. de Saint-Mars ; ils étaient accompagnés de plusieurs gens à cheval, les paysans allèrent au-devant de leur seigneur. M. de Saint-Mars mangea avec son prisonnier, qui avait le dos opposé aux croisées de la salle à manger qui donne sur la cour. Les paysans que j'ai interrogés ne purent voir s'il mangeait avec son masque ; mais ils observèrent très bien que M. de Saint-Mars, qui était à table vis-à-vis de lui, avait deux pistolets à côté de son assiette. Ils n'avaient pour les servir qu'un seul valet de chambre, qui allait chercher les plats qu'on lui apportait dans l'antichambre, fermant soigneusement sur lui la porte de la salle à manger. Lorsque le prisonnier traversait la cour, il avait toujours son masque noir sur le visage ; les paysans remarquèrent qu'on lui voyait les dents et les lèvres, qu'il était grand et avait les cheveux blancs. M. de Saint-Mars coucha dans un lit qu'on lui avait dressé auprès de l'homme au Masque. [...] Je n'ai pas entendu dire qu'il eût un accent étranger.* »

Cet homme au masque fascine ses gardiens, notamment le second de M. de Saint-Mars à la Bastille, M. de Junca, lieutenant du roi, dont le journal sera l'un des témoignages les plus précieux pour les enquêtes. C'est lui qui rapportera la mort du prisonnier. Au-delà du caractère laborieux et naïf de l'orthographe du lieutenant, les mots avec lesquels celui-ci évoque l'événement témoignent de la forte impression laissée par l'homme au masque sur ceux qui l'ont connu :

« *Du même jour, lundy 19 novembre 1703, ce prisonnier inconnu, toujours masqué d'un masque de velours noir que M. de Saint-Mars, gouverneur, avait amené avecque luy, en venant des illes Sainte-Marguerite, qu'il gardet depuis longtemps, lequel s'étant trouvé hier un peu mal en sortant de la messe, il est mort le jourd'huy sur les dix heures du soir, sans avoir eu une grande maladie. [...] Monsieur Giraud, notre homonier, le confessa hier. Surpris de sa mort, il n'a point resçu les sacrements, et notre homonier la exorté un moment avent de mourir et ce prisonnier inconnu gardé depuis si longtemps a esté entéré le mardy à quatre heures de l'après-midi 20 novembre à quatre heures du soir dans le semetière Saint-Paul, notre paroisse ; sur le registre mor-*

tuer on a donné un nom aussy inconnu que M. de Rosarges, major, et M. Reil, sirurgien qui ont signé le registre [...] J'ai appris du depuis con lavet nomé sur le registre M. De Marchiel, qu'on a paié 40 livres danterement. »

Une légende rapporte qu'au lendemain de l'enterrement, un homme soudoya le fossoyeur, afin qu'il lui permette de voir le visage du prisonnier. En ouvrant le cercueil, il trouva, à la place de la tête, une pierre. Le mystère demeure...

L'homme qui avait été incarcéré sous le nom de « Dauger » meurt sous celui de « Marchialy » (De Marchiel pour M. de Junca). Entre-temps, il est devenu « l'homme au Masque de fer » : l'objet d'une fascination auprès d'un public de plus en plus avide de vérité. Les ruses savantes de Louis XIV et de ses ministres ne sont pas parvenues à le rejeter dans l'oubli. Au contraire, elles portent en germe un mythe historique.

LA NAISSANCE D'UNE LÉGENDE

Dès le début du XVIIIe siècle, l'on commença à parler du Masque de fer à la cour comme dans le pays. Le mystère excita les esprits et inspira à de nombreux auteurs des hypothèses différentes et contradictoires.

Il est peut-être difficile de suivre la progression de ces théories, tant elles partent tous azimuts. Cependant, c'est le seul moyen de comprendre comment un mystère politique devint une légende, enrichie au fil des siècles de toutes les passions du public.

Toutefois, ces hypothèses ont des points communs. Le Masque de fer a souvent été identifié comme le « cerveau » de différents complots qui avaient marqué l'histoire du XVIIe siècle : sa haute naissance seule l'avait préservé d'une sentence mortelle. Par ailleurs, on a souvent vu en lui un Anglais, et à cette époque où Londres frémissait de révoltes et de complots contre le roi, l'expatriation des prisonniers n'était pas rare. Et il est vrai que les relations entre les Couronnes française et britannique étaient intimes...

Ainsi, différents personnages célèbres, hommes d'État pour la plupart, qui avaient brusquement disparu après s'être opposés au pouvoir royal, ont été imaginés, parfois de façon certaine, sous le masque de fer du mystérieux prisonnier.

L'un des plus célèbres proscrits de l'époque, **Nicolas Fouquet**, surintendant des finances de Louis XIV, injustement accusé par le Roi de détournements de fonds et emprisonné à la forteresse de Pignerol – lieu de détention du Masque de fer à la même époque – a été rapidement assimilé au Masque de fer.

D'autres témoins de l'époque y sont allés de leur hypothèse sur l'identité du Masque de fer. Chacune d'entre elles a été longuement étayée, dans des ouvrages très nombreux. Le prisonnier est :

— Un bâtard du roi d'Angleterre, **le duc de Berwick**

— Un ancien frondeur, cousin du Roi, **le duc de Beaufort**

— Un ministre italien, **Ercole Mattioli**

— Un bâtard du nouveau roi d'Angleterre, **le duc de Monmouth**

— Un patriarche de l'Église arménienne, venu du fin fond de l'Empire ottoman, **Avedick**

— **Un fils naturel d'Anne d'Autriche et du duc de Buckingham,** le premier ministre de l'époque

— **Un frère cadet de Louis XIV** qui aurait été le véritable fils de Louis XIII

— **Un frère jumeau du Roi-Soleil**.

Cette dernière hypothèse est celle qui a été retenue par Alexandre Dumas. « *Seul contre tous, comme D'Artagnan, Dumas résistait aux efforts de vingt savants, et Le Vicomte de Bragelonne, rajeunissant la légende du frère de Louis XIV mise en circulation par Voltaire et raffermie par la Révolution, faisait entrer dans leur poussière les pièces d'archives que les érudits avaient exhumées*[1]. »

1. Cité par Claude Schopp.

Le Masque de fer est-il vraiment mort ?

Le Masque de fer fut l'enjeu d'affrontements spectaculaires, de luttes secrètes et de manœuvres de haute politique dans de grands romans de cape et d'épée écrits au XIXe siècle. S'emparant du mythe romanesque, le XXe siècle fit du Masque de fer un héros de cinéma. Sa popularité de personnage de fiction a dépassé les frontières de la France, puisqu'il a inspiré les scénaristes d'Hollywood à plusieurs reprises...

Alors, non, le Masque de fer n'est pas vraiment mort. Parce qu'il a vécu les aventures que lui ont imaginées les romanciers, parce que sous le masque, chaque génération a reconnu les traits d'un de ses grands acteurs[1], le prisonnier au masque de fer a accédé à la vie éternelle...

---

1. Le plus récent fut Leonardo Di Caprio dans l'adaptation de *L'Homme au masque de fer* de Randall Wallace (1998).

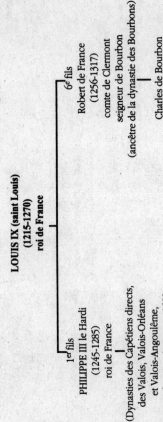

LOUIS IX (saint Louis)
(1215-1270)
roi de France

1er fils
PHILIPPE III le Hardi
(1245-1285)
roi de France

(Dynasties des Capétiens directs,
des Valois, Valois-Orléans
et Valois-Angoulême,
cette dernière éteinte en 1589
à la mort d'Henri III)

6e fils
Robert de France
(1256-1317)
comte de Clermont
seigneur de Bourbon
(ancêtre de la dynastie des Bourbons)

Charles de Bourbon
(1489-1537)

Louis de Bourbon
(1520-1569)
Prince de Condé
(ancêtre des familles de
Condé et de Conti)

Antoine de Bourbon
(1518-1562)
roi de Navarre
(par son mariage avec
l'héritière du royaume
de Navarre)

HENRI DE BOURBON
(1553-1610)
roi de Navarre, puis,
en 1589, **roi de France et de Navarre**
sous le nom d'HENRI IV

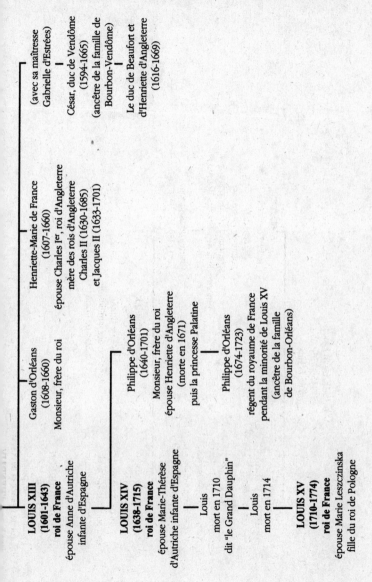

LOUIS XIII
(1601-1643)
roi de France
épouse Anne d'Autriche
infante d'Espagne

Gaston d'Orléans
(1608-1660)
Monsieur, frère du roi

Henriette-Marie de France
(1607-1660)
épouse Charles Iᵉʳ, roi d'Angleterre
mère des rois d'Angleterre
Charles II (1630-1685)
et Jacques II (1633-1701)

(avec sa maîtresse
Gabrielle d'Estrées)

César, duc de Vendôme
(1594-1665)
(ancêtre de la famille de
Bourbon-Vendôme)

Le duc de Beaufort et
d'Henriette d'Angleterre
(1616-1669)

LOUIS XIV
(1638-1715)
roi de France
épouse Marie-Thérèse
d'Autriche infante d'Espagne

Philippe d'Orléans
(1640-1701)
Monsieur, frère du roi
épouse Henriette d'Angleterre
(morte en 1671)
puis la princesse Palatine

Philippe d'Orléans
(1674-1723)
régent du royaume de France
pendant la minorité de Louis XV
(ancêtre de la famille
de Bourbon-Orléans)

Louis
mort en 1710
dit "le Grand Dauphin"

Louis
mort en 1714

LOUIS XV
(1710-1774)
roi de France
épouse Marie Leszczinska
fille du roi de Pologne

Alexandre Dumas naît le 24 juillet 1802 à Villers-Cotterêts. Il est quarteron, c'est-à-dire fils d'un mulâtre et d'une blanche.

Adolescent, Alexandre évite de peu d'être enrôlé dans la conscription impériale qui embauche du sang neuf. Sa mère lui trouve alors une place chez un notaire. Si elle est ravie, Alexandre quant à lui, déjà apprenti poète, se jure de devenir auteur dramatique.

À vingt ans, il s'installe à Paris, ébahi par la vie artistique foisonnante qu'il y trouve. Il lit beaucoup et écrit des vaudevilles et de petites pièces. Il connaît son premier succès en 1828 avec *Henri III et sa cour,* pièce commandée par le duc d'Orléans. Dumas le républicain s'arme bientôt de sa plume pour défendre la révolution et écrit *Napoléon* en 1840.

Au cœur du Romantisme qui voit alors le jour avec Hugo et Balzac, Dumas n'a pas encore trouvé un genre littéraire à sa mesure et n'est pas reconnu. Après de nombreux voyages qui donnent matière à de savoureux récits, l'écrivain invente le roman-feuilleton en rédigeant chaque dimanche des scènes historiques dans le journal d'Émile de Girardin : *La Presse.* L'expérience est un véritable succès...

Viennent alors pour Dumas les années de plénitude créatrice et de gloire. Il achève à peine *Les Trois Mousquetaires* qu'il commence *Le Comte de Monte-Cristo.* Les lecteurs retrouvent en 1845 leurs chers mousquetaires dans *Vingt ans après,* et pleurent leur mort en 1848 dans *Le Vicomte de Bragelonne.*

Dumas se remet difficilement de la mort de ses personnages. Heureusement, il assure la paternité de plusieurs dizaines d'autres « enfants » : *La Reine Margot* (1845), *La Dame de Monsoreau* (1846), *Les deux Diane* (1846), *Le Collier de la Reine* (1849) et *Ange Pitou* (1853). Son immense popularité fait prendre conscience à l'écrivain de sa mission pédagogique auprès du public, qu'il résume ainsi : « Transporter au milieu des classes populaires une littérature qui pût les instruire et les moraliser. »

Pourtant, l'Église interdit en 1863 la plupart de ses œuvres. Ces années autour de 1860 annoncent déjà le déclin de l'auteur. Dumas s'éloigne de Paris, puis tombe malade. Ce sont ses enfants, dont Alexandre fils, futur auteur de *La Dame aux camélias,* qui l'accompagneront jusqu'au bout de sa vie.

La Troisième République, espérée par deux

fois par Alexandre Dumas (en 1830, puis en 1848), est proclamée pour de bon, le 4 septembre 1870, quelques jours après la chute de Napoléon III. L'écrivain n'en profitera pas longtemps : il s'éteint doucement, le lundi 5 décembre 1870.

« Pour l'éditeur, le principe est d'utiliser des papiers composés de fibres naturelles, renouvelables, recyclables et fabriquées à partir de bois issus de forêts q adoptent un système d'aménagement durable. En outre, l'éditeur attend de s fournisseurs de papier qu'ils s'inscrivent dans une démarche de certificatio environnementale reconnue. »

Composition JOUVE – 53100 Mayenne
N° 327216X
Imprimé en Espagne par BLACK PRINT CPI IBERICA S.L.
32.10.2604.0/05- ISBN : 978-2-01-322604-2
Loi n° 49-956 du 16 juillet 1949 sur les publications destinées à la jeunesse
Dépôt légal : février 2011